VENTE DES 31 MAI, 1er

HOTEL DROUOT,

CATALOGUE

DES LIVRES

COMPOSANT

LA BIBLIOTHÈQUE DE

FEU M. B. JOUVIN

PREMIÈRE PARTIE

PARIS

P. FONTAINE, LIBRAIRE

35, PASSAGE DES PANORAMAS

1887

POUR PARAITRE PROCHAINEMENT :

CATALOGUE DE LA BIBLIOTHÈQUE

DE

FEU M. JAMES HARTMANN

DE LONDRES

Très beaux livres français en superbe condition.

Vente le 13 Juin et jours suivants.

MACON, IMPRIMERIE PROTAT FRÈRES

CATALOGUE

DE LA BIBLIOTHÈQUE DE

FEU M. B. JOUVIN

LA VENTE AURA LIEU

Le MARDI 31 MAI et les trois jours suivants,

à 2 heures précises,

Hôtel des commissaires-priseurs, 7, rue Drouot,

Salle n° 3, au premier,

Par le ministère de M° E. ESCRIBE, 6, rue de Hanovre,

Assisté de M. FONTAINE, libraire.

L'exposition des livres a lieu dès maintenant à la librairie Fontaine, où MM. les Amateurs trouveront toutes les facilités pour les examiner, jusqu'au vendredi 27 mai.

CONDITIONS DE LA VENTE

La vente se fait expressément au comptant.

Les acquéreurs payeront 5 0/0 en sus des enchères, applicables aux frais.

Les livres devront être collationnés sur place dans les vingt-quatre heures de l'adjudication. Passé ce délai ou une fois sortis de la salle de vente, ils ne seront repris pour aucune cause.

M. Fontaine remplira les commissions des personnes qui ne pourraient assister à la vente.

MACON, IMPRIMERIE PROTAT FRÈRES

CATALOGUE
DES LIVRES

COMPOSANT

LA BIBLIOTHÈQUE DE

FEU M. B. JOUVIN

PREMIÈRE PARTIE

PARIS

P. FONTAINE, LIBRAIRE

35, PASSAGE DES PANORAMAS

1887

NOTICE

———

C'est avec un sentiment profondément mélancolique que j'adresse ces lignes d'adieu à Baptiste Jouvin et à ses livres. Les hasards du journalisme, aussi capricieux, aussi variés que les romans d'aventure, nous avaient rapprochés dès mes premiers pas dans la carrière, puis séparés longtemps, pour nous réunir enfin dans une collaboration assidue à la feuille célèbre qui fit sa réputation et sa fortune.

Critique intègre et compréhensif, il se plaisait à exprimer sa pensée en termes choisis et savamment sertis. Il cherchait persévéramment, laborieusement à trouver pour sa phrase ce je ne sais quoi de nouveau, d'inattendu, d'apéritif, si j'ose m'exprimer ainsi, qu'on appelle le tour. Et le tour, il en étudiait les sources et les modèles dans une élite d'écrivains qui furent toujours ses idoles et ses maîtres. Cette élite, il la renfermait dans une courte mais radieuse période de notre histoire littéraire, qui remontait, à la rigueur, jusqu'à Montaigne, mais qui ne descendait pas au dessous de Voltaire, je parle du Voltaire des bons jours et des jours décents.

Entre ces deux points extrêmes, il avait de quoi choisir et de qui tenir, de Pascal à Vauvenargues, et de Bossuet à l'abbé Prévost. Au centre de ces grands personnages, il réservait une place, la place d'honneur, à La Bruyère, son maître préféré. C'est à deviner les secrets de ce grave écrivain, à les reforger pour son usage personnel, à les appliquer, non sans leur faire quelque violence, aux exigences du journalisme contemporain, aux nécessités de la besogne courante, que Jouvin acquit cette trempe de style, cette main d'ouvrier dont il parlait souvent et dont il était fier.

Du jour où le sort, longtemps sévère, eut enfin souri à cet infatigable travailleur, il commença sa belle bibliothèque, qui s'accrut d'année en année et finit par devenir le plus bel ornement de son château. Car il eut son château, cet homme de lettres, qui ne voulut jamais rien être qu'un journaliste également épris de beau style et de belle musique. Dans ce château de Bois-Préau, légitimement acquis par les fruits de son travail et de son talent, il eut la joie de réunir les plus belles éditions de ses auteurs favoris, auxquels il donna, sans aucun esprit d'exclusivisme, des compagnons distingués, mais d'une fréquentation moins habituelle. Tel un maître de maison, lorsqu'il invite ses amis particuliers, leur associe une compagnie moins intime, mais aimable, qui fait nombre et jette une agréable variété dans leurs plaisirs délicats.

Il me souvient, par exemple, d'un travail critique auquel Jouvin se livra pendant tout un mois, pour comparer le fameux Petit Carême de Massillon, qu'il jugeait trop vanté, avec celui de Bossuet, auquel il accorda définitivement la préférence. Préparation singulière ou singulier délassement pour un critique de théâtre, entre l'opérette *de la veille et celle du lendemain; mais signe de race, de bonne éducation et de haute culture.*

Descartes, je crois, a dit que la lecture est une conversation qu'on avait avec les grands hommes des temps passés, mais une conversation choisie, dans laquelle ils ne nous découvrent que les meilleures de leurs pensées. *S'il en est ainsi, le catalogue des livres de Jouvin serait le résumé analytique de ces conversations polies. On n'y trouve que l'aristocratie intellectuelle de tous les sujets et de tous les pays : pas un nom douteux, pas une célébrité interlope.*

Les éditions sont pures, les reliures d'une irréprochable distinction, quelquefois d'un luxe princier. Jouvin adorait les exemplaires en grand papier, et qu'il avait bien raison ! Ne trouvez-vous pas que les grandes marges font valoir la netteté des textes, comme les vastes cadres font valoir les peintures des maîtres, et qu'elles projettent comme des foyers de lumière sur les types des Elzeviers, des Plantins, des Baskervilles et des Didots !

Il avait aussi le goût des gravures, qui, judicieusement intercalées dans les livres de prix, en décuplent la valeur et assurent à l'exemplaire ainsi paré une individualité transcendante.

Qui ne rêverait de devenir l'heureux possesseur de cette belle Bible de Le Maistre de Sacy, *avec trois cents figures de* Marillier, *reliée par* Motet, *en maroquin rouge à dentelles ?*

Ou de cette Sagesse de Pierre Charron, *contenant le portrait du philosophe, gravé par* Delvaux, *en triple état; exemplaire sur vélin, relié par* Bozérian *en maroquin bleu; doublé de tabis et provenant de la bibliothèque de Charles Nodier ?*

Ou de ce merveilleux exemplaire des Œuvres de Boileau, *édition de Blaise, 1821, l'un des douze tirés sur grand papier de Hollande, avec la suite des douze figures de l'édition, épreuves en double état* avant la lettre; *figures de* Picart, *de* Moreau *et de* Saint-Aubin, *en même condition, etc., ensemble cent-vingt-une pièces, reliées par* Capé, *en maroquin violet et non rognées?*

Et l'exemplaire des Œuvres de Jean-Baptiste Rousseau, *avec figures* avant la lettre, *provenant du marquis de Villeneuve-Trans?*

Et l'étonnant Millevoye, *sur papier vélin, avec la suite des figures de* Devéria, *en double état, avant et après la lettre, sur papier de Chine, reliure de* Ginain ?

Et le La Fontaine *des* Fermiers Généraux, *avec les figures d'*Eisen, *intactes et sans retouches sous leur reliure ancienne ?*

Et le Rabelais *de* Jouaust, *avec les onze eaux-fortes de* Boilvin *en double état,* avant *et* après la lettre ?

Préférez-vous le Molière *de* Bret, *édition princeps de 1773, avec trente-trois figures dessinées par* Moreau, *relié par* Cuzin, *en maroquin rouge à dentelles intérieures ?*

On peut hésiter entre le Molière, *commenté par* Bret, *et le* Racine, *commenté par La Harpe, qui s'offre à vous avec la séduction des douze figures de* Moreau avant *la lettre et les 57 figures de* Chaudet, Gérard, Girodet, *etc.; imprimé sur papier vélin et relié par* Chaumont, *et provenant de la célèbre bibliothèque de lord* Gosford.

Mais il y faut joindre le Regnard *de Crapelet, l'un des* 80 *exemplaires en grand papier vélin avec les suites de figures de* Moreau, Marillier *et* Desenne, *épreuves sur Chine.*

Enfin, et de plus fort en plus fort, voici un Crébillon, *imprimé en* 4 *volumes in-*8*, par* Didot le jeune, *avec les figures de* Peyron, *relié par* Bozérian *en maroquin rouge doublé de tabis, l'un des deux exemplaires imprimés sur peau de vélin, et les épreuves des figures en quadruple état, sur papier blanc, tirées en bleu et eaux-fortes.*

J'allais oublier le Télémaque *de* Fénelon, *imprimerie de* Monsieur, *papier vélin, portrait,* 24 *figures par* Marillier, *epreuves* avant *la lettre, et reliure ancienne en maroquin rouge avec dentelles ;*

Et le Théâtre des Grecs, *du P. Brunoy, en* 13 *volumes in-*4*, avec les figures de* Marillier, Monnet, *etc.,* avant la lettre, *admirable reliure ancienne en maroquin rouge à compartiments.*

Je passe, sans détails, sur des suites intéressantes de gravures et eaux-fortes pour l'illustration des classiques, et j'arrive à citer quelques ouvrages capitaux appartenant presque tous à un ordre d'idées plus sévère.

La section philosophique nous présente un des 25 *exemplaires en grand papier vélin des œuvres de* Platon, *traduites par* Victor Cousin, *reliure de* Hardy, *ayant appartenu à la bibliothèque de M. Edouard Bocher, dont il porte l'initiale ; les œuvres de* Descartes, *publiées par* Victor Cousin*; les œuvres complètes d'*Helvetius, *exemplaire en grand papier vélin non rogné ;*

Le Jardin des racines grecques *de* Lancelot, *deuxième*

édition, datée de 1664, et qui passa longtemps pour la première;

La Collection des poètes français *d'Eugène Crepet; en grand papier de Hollande;*

Le Rémy Belleau *de Mamert Patisson*, 1585, *admirablement relié par* Trautz-Bauzonnet;

Le Théâtre de Quinault, *seize pièces originales se joignant à la collection des Elzéviers, et qui porte les armes du comte de La Gondie;*

Les Œuvres de Dancourt *en huit volumes in-12, reliure maroquin rouge de* Derome, *charmant exemplaire de ce charmant auteur, si vif et si français;*

Deux curieux Don Quichotte; *d'abord la plus ancienne traduction, celle de Filleau de Saint-Martin, 1681, s'annexant aux Elzéviers, grande de marges, reliée en maroquin bleu par* Cuzin; *et la traduction plus moderne et plus fidèle de Bouchon-Dubournial, avec l'aide de M. Briffault, de l'Académie française, exemplaire en grand papier vélin, avec les figures en double état et les eaux-fortes d'Eugène Lami, dont ce fut, je crois, le premier travail d'illustrateur. (L'édition est de 1822; il avait alors 22 ans.) Quelques-unes de ces figures sont dues à Horace Vernet.*

Mais les plus beaux fleurons de cette précieuse collection, dont le souvenir survivra à l'homme de goût, à l'honnête homme qui l'a créée, sont, à mon avis, deux éditions de Plutarque, *absolument hors ligne :*

D'abord l'édition donnée par l'abbé Brottier en 1783-1787, 22 volumes in-4, avec vingt-deux figures dessinées par Monnet, Moreau, Marillier, *épreuves avant la lettre, superbe exemplaire en grand papier et de toute fraîcheur, relié en maroquin rouge par Derome; il provient de la bibliothèque de M. Eugène Paillet;*

Le second exemplaire est en 25 volumes in-8, donné par Janet et Cotelle en 1818; il est relié en demi-reliure cuir de Russie, dos et coins, par Purgold, le prédécesseur de Bauzonnet. L'exemplaire est en papier vélin avec la même suite de figures avant la lettre *et une suite de portraits en médaillons par* Garneray.

Citons encore le Lucien, *traduit par Perrot d'Ablancourt, 2 volumes in-12, délicieuse reliure de* Derome *en maroquin vert, exemplaire d'Antoine-Augustin Renouard, portant son nom doré sur le plat : une perle !*

Deux Voltaire *complets; celui du même Renouard, avec* 113 *figures par Moreau et* 47 *portraits par Saint-Aubin, le tout* avant la lettre *sur chine; exemplaire en grand papier. Celui de Beuchot, sur papier cavalier vélin;*

Bernardin de Saint-Pierre, *édition d'Aimé Martin, exemplaire sur papier vélin avec les figures de* Moreau *et de* Joseph Vernet avant la lettre.

J'envie l'amateur assez riche pour se faire adjuger l'Histoire des Juifs d'Arnaud d'Andilly, 5 volumes in-12, dans sa reliure ancienne de maroquin rouge, doublée de maroquin vert, provenant de la bibliothèque du marquis de Coislin; *et un bel exemplaire de* Mézeray, *à la marque d'Abraham Wolfgang; un* Estat politique de la province de Dauphiné, *rare comme tout les* Chorier *et très beau dans sa reliure janséniste, signée* Thibaron-Joly.

Il faut se borner. Je ne puis recommencer le catalogue dans cette simple note préliminaire.

Lorsque je vois de bons et beaux livres, tels que ceux-là, s'en aller du lieu où les avait réunis une sympathie intelligente, j'éprouve pour eux une sorte de pitié mêlée d'angoisse, comme pour les chiens favoris, subitement exilés de la maison hospitalière.

La famille de B. Jouvin en a gardé autant qu'elle le pouvait, mais, en vue de la vente prochaine du château, elle a dû se résigner à se défaire des autres. Puissent-ils trouver de bons maîtres! C'est la grâce que je souhaite aux livres de B. Jouvin.

AUGUSTE VITU.

THÉOLOGIE

——

1. La Sainte Bible, contenant l'Ancien et le Nouveau
Testament, traduite en françois sur la Vulgate, par
M. Le Maistre de Saci, nouvelle édition, ornée de
300 figures, gravées d'après les dessins de M. Marillier.
A Paris, chez Defer de Maisonneuve, 1789, 12 vol. in-8,
fig., mar. rouge, dent., dos ornés, ·r. dor. (*Rel. anc.
de Motet.*)
   Bel exemplaire, très beau d'épreuves.

2. Lettres sur les spectacles, avec une histoire des
ouvrages pour et contre les théâtres, par M. Desprez
de Boissy. *A Paris, chez Boudet*, 1777, 2 vol in-12,
mar. rouge, fil., dos ornés, tr. dor. (*Rel. anc.*)

3. Les Provinciales, ou lettres écrites par Louis de Mon-
talte à un provincial de ses amis et aux R. R. P. P.
jésuites. *A Clermont en Auvergne, chez les frères Lefranc*,
1756, in-12, portr. — Divers écrits des curés de Paris,
Rouen, Nevers, Amiens, Evreux et Lisieux, contre la
morale des jésuites, publiés pendant les années 1656,
1657, 1658 et 1659, pour servir de suite aux Lettres
provinciales. *S. l.*, 1762. — Ensemble 2 vol. in-12,
veau fauve, fil., têtes dor., non rognés. (*Simier.*)

4. Lettres écrites à un provincial, par Blaise Pascal, précédées d'un essai sur ces lettres et sur le style de

l'auteur. *Paris, Aimé André*, 1839, in-8, demi-rel. mar. vert, dos et coins, tête dor., non rogné.

5. Œuvres complètes de Bourdaloue. *Paris, Mequignon-Havard*, 1826, 16 vol. in-8, demi-rel. veau gris.

6. Œuvres de Massillon, évêque de Clermont. *A Paris, chez Ant. Aug. Renouard*, 1810, 13 vol. in-8, demi-rel. mar. rouge.
   Exemplaire en papier vélin.

7. Petit Carême de Massillon, suivi des sermons sur la mort du pécheur et la mort du juste, sur l'enfant prodigue, sur le petit nombre des élus, sur la mort, sur l'aumône, et de l'oraison funèbre de Louis XIV. *A Paris, chez Lefèvre*, 1824, in-8, portr., demi-rel. veau rose, non rogné.
   Portrait de *Saint-Aubin* ajouté.

8. Gerson. De l'Imitation de Jésus-Christ, traduite d'après un manuscrit de 1440, par l'abbé Delaunay. *Paris, Tross*, 1869, in-8, fig. et encadrements, br.
   Exemplaire en grand papier de Hollande.

9. L'Imitation de Jésus-Christ, traduction inédite du XVIIe siècle, édition illustrée par Ciappori. *Paris, A. Le Clerc*, 1869, gr. in-8°, fig. demi-rel. mar. brun, dos et coins, tête dor., non rogné.

10. Explication des maximes des Saints sur la vie intérieure, par messire François de Salignac-Fénelon. *A Paris, chez Pierre Aubouin*, 1697, in-12, mar. bleu, jans. dent. inter., tr. dor. (*Allô.*)
   Edition originale.

11. PENSÉES DE M. PASCAL, sur la religion et sur quelques autres sujets, qui ont esté trouvées après sa mort parmy ses papiers. *A Paris, chez Guillaume Desprez*, 1670, in-12, mar. rouge, jans. dent. inter., tr. dor. (*Hardy.*)

> Édition en 334 pages.

12. Pensées, fragments et lettres de Blaise Pascal, publiés pour la première fois conformément aux manuscrits originaux en grande partie inédits, par M. Prosper Faugère. *Paris, Andrieux*, 1844, 2 vol. in-8, portr., demi-rel. veau fauve, tête dor., non rognés.

13. Pensées, opuscules et lettres de Blaise Pascal, publiés dans leur texte authentique. *Paris, H. Plon*, 1873, 2 vol. in-8, portr., br.

> Exemplaire en grand papier de Hollande.

SCIENCES ET ARTS

I. PHILOSOPHIE

14. ŒUVRES DE PLATON, traduites par Victor Cousin. *Paris*, *Bossange*, 1823, 13 vol. in-8, mar. bleu, fil., dos ornés, dent. inter., tr. dor. (*Hardy.*)

    L'un des 25 exemplaires en grand papier vélin.
    Sur les plats et les dos, les initiales E. B. entrelacées.

15. ŒUVRES DE FRANÇOIS BACON, traduites par Ant. Lasalle, avec des notes critiques, historiques et littéraires. *Dijon*, *Frantin*, an VIII, 16 tomes en 15 vol. in-8, portr., veau fauve, fil. (*Thouvenin.*)

16. ŒUVRES DE DESCARTES, publiées par Victor Cousin. *A Paris*, *chez Levrault*, 1824, 11 vol. in-8, demi-rel. mar. bleu, têtes dor., non rognés.

17. Œuvres de Descartes, publiées par Victor Cousin. *A Paris*, *chez Levrault*, 1824, 11 vol. in-8, br.

18. Recueil de diverses pièces, sur la philosophie, la religion naturelle, l'histoire, les mathématiques, etc., par MM. Leibniz, Clarke, Newton et autres autheurs célèbres. *A Amsterdam*, *chez H. du Sauzet*, 1720, 2 vol. in-12, portr., demi-rel. mar. rouge, dos et coins.

19. Œuvres complètes d'Helvetius. *A Paris*, *de l'impri-

merie de P. Didot l'aîné, 1795, 14 vol. in-18, cart.,
non rognés.

> Exemplaire en grand papier vélin.

20. Œuvres complètes de M. le comte Joseph de Maistre.
Paris, 1858-1862, 14 tomes en 10 vol. in-8, demi-rel.
mar. vert, dos et coins, têtes dor., non rognés.

> Considérations sur la France. — Délais de la justice divine. — Du
> Pape. — De l'Eglise gallicane. — Mémoires sur la Russie. — Lettres
> et opuscules, 2 vol. — Correspondance diplomatique, 2 vol. —
> Mémoires politiques. — Soirées de Saint-Pétersbourg. — Philosophie
> de Bacon.

21. Dictionnaire des sciences philosophiques, par une
société de professeurs de philosophie (sous la direction
de A. Franck). *Paris, Hachette*, 1844-1852, 6 vol. in-8,
demi-rel. chag. grenat, têtes dor., non rognés.

II. MORALE

22. Le Manuel d'Epictète, et les commentaires de
Simplicius, traduits en françois, avec des remarques
par M. Dacier. *A Paris, chez J.-B. Coignard*, 1715,
2 vol. in-12, mar. rouge, fil., dos ornés, tr. dor. (*Rel.
anc.*)

23. LES ESSAIS DE MICHEL, SEIGNEUR DE MON-
TAIGNE. *A Amsterdam, chez Anthoine Michiels
(Bruxelles, Fr. Foppens)*, 1659, 3 vol. in-12, mar.
rouge, fil. dos ornés, dent. intér., tr. dor. (*Thibaron-
Joly.*)

> Très bel exemplaire.

24. ESSAIS DE MICHEL DE MONTAIGNE, nouvelle
édition. *A Paris, chez Lefèvre*, 1818 ; 5 vol. in-8,

portr. par *Saint-Aubin*, cuir de Russie, dent. et fers à
froid, dos orné, tr. dor. (*Simier.*)

Exemplaire en grand papier jésus velin.

25. Essais de Michel de Montaigne, avec les notes de
tous les commentateurs, édition publiée par J.-V. Le
Clerc. *A Paris, chez Lefèvre*, 1826, 5 vol. in-8, portr.
demi-rel. maroquin rouge, dos et coins, têtes dor., non
rognés.

De la collection des classiques françois.

26. DE LA SAGESSE, trois livres, par Pierre Charron.
A Dijon, de l'imprimerie de L.-N. Frantin, 1801,
4 tomes en 1 vol. in-12, portr., pap. vélin, mar. bleu,
dent. dos orné, doublé de tabis, mors de mar., tr. dor.
(*Bozérian.*)

Bel exemplaire provenant de la bibliothèque de Ch. Nodier et contenant le portrait de Charron, gravé par *Delvaux*, en triple état.

27. ŒUVRES DE LA ROCHEFOUCAULD, nouvelle édition
revue et augmentée de morceaux inédits, des
variantes, de notices, de notes, de tables particulières
pour les Maximes, et pour les Mémoires, d'un lexique
des mots et locutions remarquables, d'un portrait, de
fac-simile, etc. , par M. D.-L. Gilbert. *Paris,
Hachette*, 1868-1883, 3 tomes en 4 vol. in-8, et album
br.

De la collection des grands écrivains, exemplaire en grand papier
de Hollande.

28. Les Caractères de Théophraste, avec les caractères ou
les mœurs de ce siècle, par M. de La Bruyère; nouvelle
édition augmentée de quelques notes sur ces deux
ouvrages et de la défense de Labruyère et de ses carac-

tères, par M. Coste. *A Paris, chez E. David*, 1740,
2 vol. in-12, front. et fleurons gravés par Scotin, veau
fauve, fil. tr. dor. (*Rel. anc.*)
> Bel exemplaire, cachet sur les titres.

29. ŒUVRES DE LA BRUYÈRE, nouvelle édition revue et
augmentée de morceaux inédits, des variantes, de
notices, de notes, d'un lexique des mots et locutions
remarquables, d'un portrait, de fac-simile, etc., par
M. G. Servois. *Paris, Hachette*, 1865-1882, 3 tomes
en 4 vol. in-8 et album, br.
> De la collection des grands écrivains, exemplaire en grand papier
> de Hollande.

· 30. LES CARACTÈRES DE LA BRUYÈRE, réimpression de
l'édition de 1696, précédée d'une introduction par
Louis Lacour. *Paris, Jouaust*, 1873, 2 vol. in-8,
portr., mar. rouge, fil. dos ornés, dent. intér., tr. dor.
(*Smeers.*)
> Exemplaire en papier Whatman.

31. ŒUVRES DE VAUVENARGUES, édition nouvelle, précédée
de l'éloge de Vauvenargues, et accompagnée de notes
et commentaires par D.-L. Gilbert. *Paris, Furne*, 1857,
2 vol. in-8, portr. en double état sur pap. de Chine et
eau forte, demi-rel. mar. brun, dos et coins, têtes dor..
non rognés.
> Exemplaire en grand papier de Hollande.

32. Pensées, maximes, essais et correspondance de
J. Joubert, recueillis et mis en ordre par M. Paul
Raynal, et précédés d'une notice sur sa vie, son caractère et ses travaux. *Paris, Didier*, 1861, 2 vol. in-8,
demi-rel. veau fauve, non rognés.

III. SCIENCES NATURELLES

33. Œuvres complètes de Buffon, avec les descriptions anatomiques de Daubanton, son collaborateur. *A Paris, chez Verdière et Ladrange*, 1824-1830, 40 vol. et atlas. — Œuvres du comte de Lacépède, nouvelle édition dirigée par M.-A.-G. Desmarest, 11 vol. et atlas. — Rapport historique sur les progrès des sciences naturelles depuis 1789, et sur leur état actuel, rédigé par M. Cuvier, 1 vol. — Histoire philosophique, littéraire, économique des plantes de l'Europe par J.-L.-M. Poiret. *A Paris, chez Verdière et Ladrange*, 1824-1833, 7 vol. et atlas. — Ensemble 59 vol. in-8 de texte, demi-rel. veau fauve, non rognés, et 8 atlas de planches coloriées.

34. Chefs-d'œuvre littéraires de Buffon, avec une introduction par M. Flourens. *Paris, Garnier*, 1864, 2 vol. in-8, portr. demi-rel. mar. rouge, dos et coins, têtes dor., non rognés.

   Exemplaire en grand papier de Hollande.

35. L'Esprit des bêtes ; le monde des oiseaux, ornithologie passionnelle, par A. Toussenel. *Paris*, 1853, 3 vol. in-8, portr. demi rel. mar. rouge, dos et coins, têtes dor., non rognés.

IV. BEAUX-ARTS

1. DESSIN

36. Recueil de 1.129 caricatures et charges sur la guerre
et la Commune, par Gill, Pilotell, Faustin, Moloch,
Staal, Gaillard, Baylac, Montbard, Cham, A. Le Petit,
Darjou, Demare, Klenck, etc., en 9 vol. in-folio et
in-4, cart.

37. Gavarni. Masques et visages. Les partageuses, 40
pl. — Les Anglais chez eux, 20 pl. — Les parents ter-
ribles, 20 pl. — Bohêmes, 20 pl. — Les propos de
Thomas Vireloque, 20 pl. — Les lorettes vieillies,
30 pl. — Piano, 10 pl. — Les petits mordent, 10 pl.
— Les invalides du sentiment, 30 pl. — Les maris me
font toujours rire, 20 pl. — Le manteau d'Arlequin,
10 pl. — L'école des pierrots, 10 pl. — Histoire d'en
dire deux, 10 pl. — Manière de voir des voyageurs,
10 pl. — Etudes d'Androgynes, 10 pl. — Messieurs
du feuilleton, 9 pl. — Ce qui se passe dans les meilleures sociétés, 10 pl. — Histoire de politiquer, 30 pl.
— La foire aux amours, 10 pl. — Ensemble 329 planches, en 8 vol. in-4, demi-rel. chag. rouge.

38. L'Art du dix-huitième siècle, par Edmond et Jules
de Goncourt, deuxième édition, revue et augmentée.
Paris, Rapilly, 1873, 2 vol. in-8, demi-rel. mar. rouge,
dos et coins, têtes dor., non rognés.

2. GRAVURE

A. Figures pour l'illustration des livres.

39. Suite d'un portrait et de 20 figures, gravés à l'eau forte par V. Foulquier, pour les œuvres de Boileau.
    Tirage à part sur chine volant.

40. Suite d'un portrait gravé par *Gaucher*, d'après *Le Brun*, d'un frontispice par *Pierre*, gravé par *Watelet*, représentant le buste de Corneille et 33 figures dessinées par *Gravelot*, gravées par *Baquoy*, *Le Mire*, *de Longueil*, etc., pour les œuvres de Corneille.

41. SUITE de deux portraits dessinés et gravés par *Saint-Aubin*, et de 23 figures dessinées par *Moreau* et une dessinée par *Prudhon*, gravées par *Petit*, *Roger*, *Simonet*, etc., pour les œuvres de Corneille.
    Epreuves AVANT LA LETTRE.

42. Suite d'un portrait et de 17 figures gravés à l'eau-forte, par V. Foulquier, pour les caractères de La Bruyère.
    Tirage à part sur chine volant.

43. Suite d'un portrait et de 50 figures gravés à l'eau-forte par V. Foulquier, pour les fables de La Fontaine.
    Tirage à part sur chine volant.

44. Suite de 10 pièces pour illustrer les fables de La Fontaine, dessinées par J.-L. Brown, Daubigny, Gérome, Leloir, E. Lévy, Detaille, H. Lévy, Worms, etc., gravées à l'eau-forte.

45. Suite d'un portrait et de 94 vignettes, dessinées par *Monnet*, *Sergent* et *Duplessis-Bertaux* pour les contes de La Fontaine.

46. Suite d'un portrait gravé par *Saint-Aubin*, et de 30 figures dessinées par *Moreau*, gravées par *De Gendt*, *Delvaux*, *Roger*, *Simonet*, etc., pour les œuvres de Molière.
Epreuves sur papier de Chine.

47. Suite d'un portrait et de 5 figures, gravés à l'eau-forte par *Hédouin*, pour Manon Lescaut de l'abbé Prévost.
. Tirage sur chine volant.

48. Suite d'un portrait gravé par *Gaucher*, d'après *Santerre*, et de 12 figures dessinées par *Gravelot*, gravées par *Duclos*, *Le Mire*, *Née*, *Simonet*, etc., pour les œuvres de Racine.
Epreuves AVANT LA LETTRE.

49. Suite d'un portrait gravé par *Gaucher*, d'après *Santerre*, et de 12 figures dessinées par *Le Barbier*, gravées par *Baquoy*, *Dambrun*, *Dupréel*, *Gaucher*, *Patas*, etc., pour les œuvres de Racine.

50. SUITE d'un portrait dessiné et gravé par *Saint-Aubin*, et de 12 figures dessinées par *Moreau*, gravées par *De Gendt*, *Roger*, *Simonet* et *Trière*, pour les œuvres de Racine.
Tirage ancien, belles épreuves.

51. Suite d'un portrait et de 46 figures gravés à l'eau-forte par *V. Foulquier*, pour les œuvres de Racine
Tirage à part sur chine volant,

52. Suite de 25 portraits dessinés par *Deveria* pour illustrer les lettres de Madame de Sévigné.

Epreuves AVANT LA LETTRE sur papier de Chine, tirées de format in-folio.

53. SUITE de 25 portraits pour illustrer les lettres de madame de Sévigné.

Eaux-fortes pures.

54. Suite de 35 portraits, tirés des émaux de Petitot pour les lettres de madame de Sévigné.

Epreuves AVANT LA LETTRE.

55. Suite d'un portrait et de 17 figures gravés à l'eau-forte par V. Foulquier, pour les lettres de madame de Sévigné.

Tirage à part sur chine volant.

56. ESTAMPES DESTINÉES A ORNER LES ÉDITIONS DE M. DE VOLTAIRE, par J.-M. Moreau. *A Paris, chez l'auteur,* A. P. D. R. (1782), 108 figures dessinées par *Moreau,* gravées par *Baquoy, Dambrun, Delaunay, Halbou, Le Mire, de Longueil, Patas, Simonet, Trière,* etc., demi-rel., tr. dor.

Belles épreuves.

57. Suite de 113 pièces dessinées par *Moreau* et gravées par *Coiny, Delvaux, de Ghendt, Godefroy, Halbou, Roger, Simonet, Trière,* etc., et de 43 portraits par *Saint-Aubin,* pour les œuvres de Voltaire publiées par Renouard.

Belles épreuves.

58. Suite de 10 portraits et 80 figures dessinées par Desenne, pour illustrer les œuvres de Voltaire, en 1 vol. in-8, demi-rel.

Epreuves AVANT LA LETTRE, avec les légendes sur papier de Chine.

59. Suite d'un frontispice, d'un titre gravé, avec le portrait de Voltaire, et de 10 figures dessinées par Eisen, gravées par De Longueil pour la Henriade.

B. *Costumes. — Architecture. — Mélanges.*

60. Costumes anciens et modernes. Habiti antichi et moderni di tutto il mondo di Cesare Vecellio, précédés d'un essai sur la gravure sur bois par M. Amb. Firmin-Didot. *Paris, Firmin-Didot*, 1860, 2 vol. in-8, br.

Exemplaire imprimé sur papier de Chine.

61. Dictionnaire raisonné de l'architecture française du xie au xvie siècle, par Viollet-le-Duc. *Paris, Bance*, 1858-1868, 10 vol. in-8, nomb. fig., demi-rel. chag. rouge, dos et coins, têtes dor., non rognés.

62. Causeries d'un curieux, variétés d'histoire et d'art tirées d'un cabinet d'autographes et de dessins par F. Feuillet de Conches. *Paris, H. Plon*, 1862, 4 vol. in-8, demi-rel. mar. rouge, dos et coins, têtes dor. non rognés.

3. MUSIQUE

63. Histoire générale de la musique depuis les temps les plus reculés jusqu'à nos jours, par F.-J. Fétis. *Paris, Firmin-Didot*, 1869, 5 vol. in-8, br.

64. Micellanées musicales, par J.-Adrien de la Fage. *Paris*, 1834, in-8, mar. bleu, jans., dent. intér., tr. dor. (*Andrieux*).

65. ETUDES PHILOSOPHIQUES ET MORALES sur l'histoire de la musique, ou recherches analytiques sur les éléments constitutifs de cet art à toutes les époques, par J.-B. Labat. *Paris, chez J. Techener*, 1852, 2 vol. in-8, mar. bleu jans., dent. intér., tr. dor. (*Belz-Niédrée.*)

66. LA MUSIQUE FRANÇAISE au xviiie siècle. Gluck et Piccinni, 1774-1800, par Gustave Desnoiresterres. *Paris, Didier*, 1872, in-8, mar. rouge, jans., dent. intér., tr. dor. (*Pouget.*)
   Exemplaire en papier de Hollande.

67. CHAPELLE-MUSIQUE DES ROIS DE FRANCE, par Castil-Blaze. *Paris, Paulin*, 1832, in-12, mar. bleu, fil. dos orné, tr. dor. (*Closs.*)

68. Er. Thoinan. Les origines de la chapelle-musique des souverains de France. *Paris, A. Claudin*, 1864, in-12, demi-rel. mar. rouge, dos et coins, tête dor., non rogné.

69. DICTIONNAIRE DE MUSIQUE MODERNE, par Castil-Blaze. *Paris*, 1825, 2 vol. in-8, mar. bleu, fil. dos ornés, dent. intér., tr. dor. (*Closs.*)

70. Lohengrin et Thannhaüser de Richard Wagner, par Frantz Liszt. *Leipzig, Brockhaus*, 1851, in-8, mar. brun, fil. dos orné, dent. intér., tr. dor. (*Smeers.*)

4. CUISINE — DANSE

71. Le livre de cuisine, par Jules Gouffé, comprenant la cuisine de ménage et la grande cuisine. *Paris, Hachette,*

1874, gr. in-8, fig. noires et en couleurs, demi-rel.
mar. rouge, dos et coins, tête dor., non rogné.

72. Brillat-Savarin. Physiologie du goût, précédée d'une
notice par Alp. Karr, dessins de Bertall. *Paris, Furne,*
1864, gr. in-8, fig., br.

73. Le livre de Pâtisserie, par Jules Gouffé. *Paris,*
Hachette, 1873, gr. in-8, fig. noires et en couleurs,
demi-rel. mar. rouge, dos et coins, tête dor., non
rogné.

74. LA DANSE ET LES BALLETS, depuis Bacchus jusqu'à
mademoiselle Taglioni, par Castil-Blaze. *Paris, Paulin,*
1832, in-12, mar. bleu, fil. dos orné, dent. intér., tr.
dor. (*Closs.*)

BELLES-LETTRES

I. LINGUISTIQUE — RHÉTORIQUE

75. Le jardin des racines grecques, mises en vers françois, avec un traité des prépositions, et autres particules indéclinables, et un recueil alphabétique des mots françois tirez de la langue greque, soit par allusion, soit par étymologie (par Cl. Lancelot.) *A Paris, chez Pierre Le Petit*, 1664, in-12, front. gr., portr., mar. vert jans., dent. intér., tr. dor. (*Allo.*)

76. Grand dictionnaire de la langue latine, sur un nouveau plan, par le Dr Guill. Freund, traduit en français et considérablement augmenté par N. Theil. *Paris, Firmin-Didot*, 1855, 3 vol. in-4, demi-rel. mar. brun, dos et coins, non rognés.

77. Dictionnaire de la langue française, par E. Littré. *Paris, Hachette*, 1863, 4 vol. — Supplément, 1 vol. — Ensemble 5 vol. in-4, demi-rel. chag. brun, dos et coins, non rognés.
     Le supplément est en livraisons.

78. Dictionnaire comique, satyrique, critique, burlesque, libre et proverbial, par P.-J. Leroux. *Pampelune*, 1786, 2 vol. in-8, demi-rel. veau fauve, têtes dor., non rognés.

79. Livre des orateurs, par Timon (Cormenin). *Paris,
Pagnerre*, 1842, gr. in-8, portr., demi-rel. mar. rouge,
dos et coins, tête dor., non rogné.

80. Discours parlementaires de M. Thiers, publiés par
M. Calmon. *Paris, Calmann Lévy*, 1879, 15 vol. in-8,
br.
> Exemplaire en grand papier de Hollande.

II. POÉSIE

1. POÈTES GRECS ET LATINS

81. L'ILIADE ET L'ODYSSÉE D'HOMÈRE, traduits en français
(avec le texte grec), par Dugas-Montbel. *Paris, Firmin-
Didot*, 1828. 9 vol. in-8, demi-rel. mar. bleu, dos et
coins, non rognés.
> Exemplaire en papier vélin.

82. Le Virgile travesti en vers burlesques, par Paul
Scarron, nouvelle édition, revue, annotée, et précédée
d'une étude sur le burlesque par Victor Fournel. *Paris,
Delahays*, 1858, in-12, demi-rel. mar. rouge, dos et
coins, tête dor., non rogné.
> Exemplaire en grand papier de Hollande.

83. Les Poésies d'Horace, traduites en françois, avec
des remarques et des dissertations historiques, par le
R. P. Sanadon. *A Amsterdam, chez Arckstée et Merkus*,
1756, 8 vol. pet. in-8, veau écaille, fil. tr. dor.

84. Histoire macaronique de Merlin Coccaie, prototype

de Rabelais, avec des notes et une notice, par G. Brunet, nouvelle édition revue et corrigée par P.-L. Jacob. *Paris, Delahays*, 1859, in-12, demi-rel. mar. rouge, dos et coins, tête dor., non rogné.

Exemplaire en grand papier de Hollande.

2. POÉTES FRANÇAIS

A. *Des origines jusqu'à Malherbe.*

85. L'ART DES VERS LYRIQUES, par Castil-Blaze. *Paris, Delahays*, 1858, in-8, mar. bleu, fil. dos orné, dent. intér., tr. dor. (*Closs.*)

86. COLLECTION DES ANCIENS POÈTES FRANÇOIS, publiée par Coustelier. *A Paris, chez Ant.-Urbain Coustelier*, 1723, 10 vol. pet. in-8, veau fauve, fil., dos ornés, dent. intér., tr. dor. (*Niédrée.*)

Coquillart. — La Farce de Pathelin. — Villon. — Martial de Paris, 2 vol. — P. Faifeu. — Poésies de G. Crétin. — J. Marot. — Racan, 2 vol.

87. LES POÈTES FRANÇAIS, recueil des chefs-d'œuvre de la poésie française depuis les origines jusqu'à nos jours, avec une notice littéraire sur chaque poète, précédé d'une introduction par M. Sainte-Beuve, publié sous la direction de M. Eugène Crepet. *Paris, Gide*, 1861. 4 vol. in-8, demi-rel. mar. rouge, têtes dor., non rognés.

Exemplaire en grand papier de Hollande.

88. Fabliaux ou contes, fables et romans du XIIe et du XIIIe siècle, traduits ou extraits par Legrand d'Aussy.

Paris, Jules Renouard, 1829, 5 vol. in-8, fig. de
Moreau, demi-rel. mar. rouge, dos et coins, têtes dor..
non rognés.

89. Le Roman de la Rose, par Guillaume de Lorris et
Jean de Meun, dit Clopinel, revu sur plusieurs éditions
et sur quelques anciens manuscrits, accompagné de plusieurs autres ouvrages, d'une préface historique, de
notes et d'un glossaire, et du supplément au glossaire
du roman de la Rose (par J.-B. Lantin de Dameray.
A Amsterdam et à Dijon, 1735-1737, 4 vol. in-12, mar.
rouge, dent., dos ornés, tr. dor.

90. Le Roman de la Rose, par Guillaume de Lorris et
Jehan de Meung, nouvelle édition, revue et corrigée
sur les meilleurs et les plus anciens manuscrits, par
M. Méon. *A Paris, de l'Imprimerie de P. Didot*, 1814,
4 vol. in-8, portr. et fig. de *Monnet*, mar. vert, fil. tr.
dor.
   Piqûres d'humidité.

91. Œuvres de François Villon, avec les remarques de
diverses personnes (Eusèbe de Laurière, Le Duchat et
de Formey.) *A La Haye, chés Adrien Moetjens*, 1742,
in-12, mar. bleu, fil. (*Thouvenin.*)
   Bel exemplaire non rogné de cette bonne édition, publiée avec de
nouvelles notes par Prosper Marchand.

92. Œuvres de Clément Marot, revues sur plusieurs
manuscrits, et sur plus de quarante éditions, et augmentées tant de diverses poésies véritables, que de
celles qu'on lui a faussement attribuées ; avec les
ouvrages de Jean Marot, son père, ceux de Michel

Marot, son fils, et les pièces du différent de Clément
avec François Sagon, accompaguées d'une préface historique et d'observations critiques (par Nic. Lenglet
Du Fresnoy). *A La Haye, chez P. Gosse et J. Neaulme*,
1731, 6 vol. in-18, mar, rouge, fil., dos ornés, tr. dor.
(*Rel. anc.*)

93. Œuvres complètes de Clément Marot, nouvelle édition, ornée d'un beau portrait, et augmentée d'un
essai sur la vie et les ouvrages de Cl. Marot, de notes
historiques et critiques, et d'un glossaire. *Paris*,
Rapilly, 1824, 3 vol. in-8, portr., cart., non rognés.

94. ŒUVRES DE CLÉMENT MAROT, de Cahors, valet de
chambre du roy. *Lyon, N. Scheuring*, 1869, 2 vol.
in-8, portr., demi-rel. mar. brun, dos et coins, têtes
dor., non rognés.
> L'un des dix exemplaires imprimés sur papier de Chine.

95. Œuvres poétiques de Mellin de S. Gelais, nouvelle
édition, augmentée d'un très grand nombre de pièces
latines et françoises. *A Paris*, 1719, in-12, mar.
rouge jans., dent. intér., tr. dor.
> Exemplaire réglé.

96. LES ŒUVRES POÉTIQUES DE REMY BELLEAU,
rédigées en deux tomes reveues et corrigées en ceste
dernière impression. *A Paris, par Mamert Patisson*,
1585, 2 tomes en 1 vol. in-12, mar. rouge jans., dent.
intér., tr. dor. (*Trautz-Bauzonnet.*)
> Bel exemplaire de la meilleure édition.

97. Œuvres de Philippe Desportes, avec une introduction et des notes, par Alfred Michiels. *Paris, Delahays*,

1858, in-12, front. gr., demi-rel. mar. rouge, dos et
coins, tête dor., non rogné.
Exemplaire en grand papier de Hollande.

98. LES SATYRES ET AUTRES ŒUVRES DU SIEUR REIGNIER,
dernière édition *suivant la copie imprimée à Paris
(Leyde, Bonaventure et Abraham Elzevier)*, 1642, pet.
in-12, mar. rouge jans., dent. intér., tr. dor. (*Duru.*)

99. Satyres et autres œuvres de Regnier, accompagnées
de remarques historiques, nouvelle édition considérablement augmentée. *A Londres, chez Jacob Tonson.*
1733, in-4, front. gr., fleuron, 7 vignettes et 15 culs-
de-lampe, par *Boucher, Natoire* et *Cochin*, veau écaillé,
fil., tr. dor.
Exemplaire en grand papier, texte encadré.

100. Œuvres de Regnier, nouvelle édition, considérablement augmentée. *A Genève (Paris, Cazin)*, 1777,
2 vol. in-18, cart., non rognés.

101. Œuvres complètes de Regnier, nouvelle édition,
avec le commentaire de Brossette, des notes et un
index, par M. Prosper Poitevin. *Paris, Delahays.*
1860, in-12, demi-rel. mar. rouge, dos et coins, tête
dor., non rogné.
Exemplaire en grand papier de Hollande.

102. Œuvres de Regnier, édition Louis Lacour. *Paris,
Jouaust*, 1867, in-8, br.

103. ŒUVRES COMPLÈTES DE MATHURIN REGNIER, accompagnées d'une notice bibliographique, de variantes, de
notes, d'un glossaire et d'un index, par E. Courbet.

Paris, A. Lemerre, 1875, in-8, mar. brun jans., dent. intér., tr. dor.

L'un des 30 exemplaires tirés sur papier de Chine.

104. Les Œuvres de Théophile, divisées en trois parties. *A Paris, chez Nic. Pepingué*, 1662, in-12, mar. rouge jans., dent. intér., tr. dor. (*Lortic.*)

105. Poésies de Malherbe, suivies d'un choix de ses lettres, édition nouvelle, avec des variantes et des notes. *A Paris, chez Janet et Cotelle*, 1822, in-8, portr., demi-rel. mar. vert, dos et coins, tête dor. non rogné (*Cuzin.*)

Bel exemplaire en grand papier jésus velin auquel on a ajouté 9 portraits dont celui de Henri IV, par Gérard, à l'état d'eau-forte.

106. Œuvres de Malherbe, recueillies et annotées par M. L. Lalanne, nouvelle édition revue et augmentée de notices, de variantes, de notes, d'un lexique des mots et locutions remarquables, d'un portrait, d'un fac-simile, etc., etc. *Paris, Hachette*, 1862-1869, 5 vol. in-8 et album, br.

De la collection des grands écrivains, exemplaire en grand papier de Hollande.

B. De Malherbe à nos jours.

107. Poésies de François Sarasin, augmentées de documents nouveaux et de pièces inédites, publiées par Octave Uzanne. *Paris, Jouaust*, 1877, in-12, front. et portr. en plusieurs états, br.

108. Les Œuvres du sieur de Saint-Amant. *A Paris, chez*

Toussainct-Quinet, 1642, in-4, mar. rouge, fil., dos orné, tr. dor. (*Rel. anc.*)

109. LA MUZE HISTORIQUE ou recueil des lettres en vers, contenant les nouvelles du temps, écrites à Mademoiselle de Longueville (1650-1665), par J. Loret, nouvelle édition revue sur les manuscrits, par MM. J. Ravenel, Ed.-V. de La Pelouze et Ch.-L. Livet. *Paris, P. Jannet*, 1857-1878, tomes 1 à 3 et 4 première partie, br.

Exemplaire en grand papier de Hollande.

110. ŒUVRES DE M. BOILEAU-DESPRÉAUX, nouvelle édition avec des éclaircissemens historiques donnés par lui-même, et rédigés par M. Brossette, avec des remarques et des dissertations critiques par M. de Saint-Marc. *A Paris, chez David*, 1747, 5 vol. in-8, portr., 5 fleurons, 39 vignettes et 25 culs-de-lampe dessinés par *Eisen*, mar. vert, jans., dent. intér., tr. dor. (*David.*)

111. ŒUVRES DE BOILEAU-DESPRÉAUX avec un commentaire par M. de Saint-Surin, ornées de douze figures d'après des dessins originaux. *A Paris, J.-J. Blaise*, 1821, 4 vol. in-8, portr. et fig., demi-rel. mar. violet, dos et coins, têtes dor., non rognés. (*Capé.*)

Magnifique exemplaire, l'un des douze tirés sur grand papier de Hollande; il contient : 1° La suite de 12 figures de l'édition, épreuves en double état AVANT LA LETTRE avec les légendes sur papier de soie et les eaux-fortes. 2° La suite d'un portrait et de 6 figures de *B. Picart* en double état, AVANT LA LETTRE et EAUX-FORTES. 3° Portrait par *Saint-Aubin* et 6 figures de *Moreau*, épreuves AVANT LA LETTRE. 4° Portrait gravé par *Lignon*, et 6 figures de *Desenne*, épreuves en double état, AVANT LA LETTRE, sur chine et EAUX-FORTES. 5° Une suite de 6 pièces de *B. Picart*, remontée. 6° 5 pièces diverses et 51 portraits. — Ensemble 121 pièces.

112. ŒUVRES DE BOILEAU, avec un nouveau commentaire, par M. Amar. *A Paris, chez Lefèvre*, 1821, 4 vol. in-8, portr. et fig. de *Desenne*, épreuves AVANT LA LETTRE, demi-rel. mar. rouge, dos et coins, non rognés.
Exemplaire en grand papier jésus vélin.

113. ŒUVRES DE BOILEAU, avec notes et imitations des auteurs anciens, précédées d'une notice, par C.-A. Sainte-Beuve. *Paris, Furne*, 1868, gr. in-8, portr. et fig., demi-rel. mar. rouge, dos et coins, tête dor., non rogné.
Exemplaire en grand papier de Hollande, auquel on a ajouté la suite de 6 figures dessinées par *Moreau*.

114. ŒUVRES DE JEAN-BAPTISTE ROUSSEAU, nouvelle édition, revue, corrigée et augmentée sur les manuscrits de l'auteur. *A Paris, chez Remont*, 1795, 4 vol. in-8, portr. et 8 fig. dessinées par *Lafitte*, épreuves AVANT LA LETTRE, mar. rouge, fil., dos ornés, doublés de tabis, tr. dor. (*Rel. anc.*)
Bel exemplaire aux armes de Villeneuve-Trans. A la fin du tome 4, l'on a inséré les épigrammes libres manuscrites, d'une très bonne écriture

115. ŒUVRES COMPLÈTES DE GRECOURT, enrichies de gravures, nouvelle édition soigneusement corrigée et augmentée d'un grand nombre de pièces qui n'avaient jamais été imprimées. *A Paris, imprimerie de Chaigneau*, 1796, 4 vol. in-8, portr. par *Dupréel* et 8 fig. dessinées par *Fragonard*, demi-rel. mar. rouge, non rognés.
Exemplaire en papier vélin avec les figures AVANT LA LETTRE.

116. ŒUVRES DE GRESSET, avec le Parrain magni-

lique. *A Paris, chez Ant.-Aug. Renouard*, 1811, 3 tomes
en 2 vol. in-8, pcrtr. et 8 figures dessinées par *Moreau*,
gravées par *Simonet* et *de Gendt*, épreuves AVANT LA
LETTRE, veau brun, fers à froid.

> Bel exemplaire en papier vélin.

117. Poèmes de Gresset. *Paris, Jouaust*, 1867, in-8.
br.

> Édition tirée à 120 exemplaires.

118. Œuvres de M. le chevalier de Bertin, nouvelle
édition, corrigée et augmentée avec figures. *A Paris,
chez Gattey*, 1791, 2 vol, in-18, fig. de *Monnet*, mar.
rouge. fil., tr. dor. (*Rel. anc.*)

119. POÉSIES DE ANDRÉ CHÉNIER, édition critique, étude
sur la vie et les œuvres d'André Chénier, variantes,
notes et commentaires, lexique et index par L. Becq
de Fouquières. *Paris, Charpentier*, 1862, 2 vol. in-8.
br.

> Exemplaire en grand papier de Hollande.

120. ŒUVRES COMPLÈTES DE MILLEVOYE, dédiées au roi, et
ornées d'un beau portrait. *A Paris, chez Ladvocat*,
1822, 4 vol. in-8, portr. et fig. demi-rel. mar. rouge,
dos et coins, non rognés. (*Ginain.*)

> Bel exemplaire en papier vélin, avec une suite de figures de Deve-
> ria en double état, AVEC LA LETTRE et AVANT LA LETTRE, sur papier
> de Chine.

121. Œuvres choisies d'Antoine-Pierre-Augustin de Piis.
Paris, Brasseur, 1810, 4 vol. in-8, portr., veau fauve.
fil., dos ornés, têtes dor., non rognés. (*Hering.*)

3. FABLES — CONTES — SATYRES

122. Fables choisies, mises en vers, par J. de La Fontaine. *Amsterdam, Allart et Holtrop*, 1786, 5 vol. in-8, front. et 275 figures d'après *Oudry*, gravées par *J. Punt* et *Vinkelès*, cart.

> Exemplaire de premier tirage, texte en hollandais.

123. Fables de La Fontaine, avec figures gravées par MM. Simon et Coiny. *A Paris, chez Bossange*, 1796, 6 vol. in-18, 276 figures, cart., non rognés.

124. Fables de La Fontaine, avec un nouveau commentaire littéraire et grammatical, par Ch. Nodier. *Paris, Emler*, 1828, 2 vol. in-8, portr. et fig. de *Bergeret*, demi-rel. chag. vert, dos et coins, têtes dor., non rognés.

125. Fables nouvelles, dédiées au roi, par M. de La Motte, avec un discours sur la fable. *A Paris, chez Grégoire Dupuis*, 1719, in-4, front. gr. par *Tardieu*, et 100 vignettes dessinées par *Coypel, Gillot, Edelinck, B. Picart*, etc., mar. bleu, fil. à la Du Seuil, dos orné, dent. intér., tr. dor. (*Brany*.)

> Bel exemplaire en grand papier.

126. Fables, contes et épitres par M. l'abbé Le Monnier. *A Paris, chez Ch.-Ant. Jombert*, 1773, in-8, front. de *Cochin*, bas. marbr., non rogné.

> Bel exemplaire provenant de la bibliothèque du comte de La Bedoyère, auquel on a ajouté le frontispice à l'eau-forte, une fable inédite manuscrite, et une lettre de l'abbé Fauchet.

127. Les Fables complètes de M. Viennet, troisième
édition. *Paris, Hachette*, 1865, in-12, demi-rel. mar.
rouge, dos et coins, tête dor., non rogné.
Exemplaire en papier de Hollande.

128. Contes et nouvelles en vers, par Jean de La Fontaine. *Rouen, Lemonnyer*, 1879, 2 vol. — Contes et
nouvelles en vers, par Voltaire, Vergier, Perrault,
Senecé, Moncrif, le P. Ducerceau, Grécourt, Saint-
Lambert, Champfort, Piron, Dorat, La Monnoye et Fr.
de Neufchateau. *Rouen, Lemonnyer.* 1879, 2 vol. —
Le fond du sac, recueil de contes en vers. *Rouen,
Lemonnyer*, 1879, 2 vol. — Voltaire, la pucelle d'Orléans, poème en vingt et un chants. *Rouen, Lemonnyer*, 1879, 2 vol. — Ensemble 8 vol. pet. in-8, portr.
et fig. d'après *Duplessis-Bertaux*, br.
Exemplaires en papier Whatman.

129. CONTES ET NOUVELLES EN VERS, par M. de
La Fontaine (édition publiée aux frais des fermiers
généraux, avec une notice, par Diderot). *A Amsterdam
(Paris, Barbou)*, 1762, 2 vol. in-8, portr. de La Fontaine et d'Eisen, gravés par *Ficquet*, figures d'*Eisen*,
fleurons et culs-de-lampe de *Choffard*, mar. rouge,
fil., dos ornés, gardes de pap. doré, tr. dor. (*Rel. anc.*)
Les deux figures *Le cas de conscience* et *Le diable de Papefiguière*
sont découvertes.

130. Contes et Nouvelles en vers, par Jean de La Fontaine. *S. l.*, 1777, 2 vol. in-8, front., fleurons, culs-
de-lampes et fig., demi-rel. mar. rouge, dos et coins,
têtes dor., non rognés.
Contrefaçon de l'édition des Fermiers généraux.

131. Contes et nouvelles de La Fontaine, nouvelle édition, revue et corrigée d'après les manuscrits et les éditions originales, accompagnée de notes par Mathieu Marais. *Paris, Delahays*, 1858, in-12, portr., demi-rel. mar. rouge, dos et coins, tête dor., non rogné.
  Exemplaire en grand papier de Hollande.

132. Comte de Chevigné, les Contes rémois, dessins de E. Meissonier. *Paris, Michel Lévy*, 1864, in-16, fig., br.

133. Poésies satyriques du dix-huitième siècle. *Londres* (*Cazin*), 1788, 2 vol. in-12, veau marbr., fil., tr. dor.

134. Poésies diverses d'Alexis Piron, ou recueil de différentes pièces de cet auteur, pour servir de suite à toutes les éditions desquelles on a supprimé les ouvrages libres de ce poète. *A Londres, Williams Jackson*, 1779, in-8, demi-cart. toile, non rogné.

135. Paris ridicule et burlesque au dix-septième siècle, par Claude Le Petit, Berthod, Scarron, François Colletet, Boileau, etc., nouvelle édition revue et corrigée, avec des notes, par P.-L. Jacob. *Paris, Delahays*, 1859, in-12, demi-rel. mar. rouge, dos et coins, tête dor., non rogné.
  Exemplaire en grand papier de Hollande.

136. Aventures burlesques de Dassoucy, nouvelle édition, avec préface et notes par Emile Colombey. *Paris, Delahays*, 1858, in-12, portr., demi-rel. mar. rouge, dos et coins, tête dor., non rogné.
  Exemplaire en grand papier de Hollande.

4. CHANSONS

137. Anthologie françoise, ou chansons choisies, depuis le 13ᵉ siècle jusqu'à présent (par Monnet). *S. l.*, 1765, 3 vol. in-8, portr. et 3 figures dessinées par Gravelot, veau marbr., fil.

138. CHANTS ET CHANSONS POPULAIRES de la France. *Paris, H. Delloye*, 1843, 3 vol. gr. in-8, musique et fig. dessinées par MM. *E. de Beaumont, Daubigny, Giraud, Meissonier, Staal, Trimolet*, etc. — Chansons populaires des provinces de France, notices par Champfleury, accompagnement de piano par J.-B. Wekerlin. *Paris, Garnier*, musique et figures dessinées par *Bida, Bracquemond, Flameng, Ch. Jacque*, etc. — Ensemble 4 vol. gr. in-8, demi-rel. mar. rouge, dos et coins, têtes dor., non rognés.

   Bel exemplaire du premier tirage.

139. Les Diners du Vaudeville. *A Paris, chez Cordier*, de Vendémiaire an V à Fructidor an IX. 48 numéros en 8 vol. in-18, mar. rouge, dent., dos ornés, tr. dor. (*Rel. anc.*)

   Un nom a été coupé au haut du titre de chaque volume.

140. Vaux-de-Vire d'Olivier Basselin et de Jean Le Houx, suivis d'un choix d'anciens vaux-de-vire et d'anciennes chansons normandes, nouvelle édition, revue et publiée par P.-L. Jacob. *Paris, Delahays*, 1858, in-12, demi-rel. mar. rouge, dos et coins, tête dor., non rogné.

   Exemplaire en grand papier de Hollande.

141. Recueil complet des chansons de Collé. *A Hambourg et à Paris*, 1807, 2 tomes en 1 vol. in-18, veau vert, fers à froid, tr. dor.

142. Chansons de Béranger, contenant cinquante-trois gravures sur acier. *Paris, Perrotin*, 1865, 2 vol. — Dernières chansons de 1834 à 1851, illustrées de 14 dessins de A. Lemud. *Paris, Perrotin*, 1860. — Musique des chansons de Béranger, airs notés anciens et modernes, nouvelle édition revue par Frédéric Bérat, fig. de Grandville. — Ma biographie. *Paris, Garnier*, 1868. — Correspondance recueillie par Paul Boiteau. *Paris, Perrotin*, 1860, 4 vol. — Ensemble 9 vol. in-8, fig., demi-rel. chag. rouge, têtes dorées, non rognés.

143. La Muse pariétaire et la muse foraine, ou les chansons des rues depuis quinze ans, par C. N. (Charles Nisard). *Paris, Jules Gay*, 1863, in-8, br.
Avec l'appendice.

5. POÈTES ÉTRANGERS

144. ŒUVRES DE LORD BYRON, quatrième édition entièrement revue et corrigée par A. P. (Pichot), précédée d'une notice sur Lord Byron, par M. Ch. Nodier. *A Paris, chez Ladvocat*, 1823, 8 vol. in-8, portr., titres, gr. et fig. en double état sur pap. de Chine et EAUX-FORTES, demi-rel. veau.
Exemplaire en grand papier vélin.

145. Œuvres complètes de Lord Byron, avec notes et commentaires, comprenant ses mémoires publiés par Thomas Moore, traduction nouvelle par M. Paulin-Paris. *Paris, Dondey-Dupré*, 1830, 13 vol. in-8, demi-rel. chagrin rouge, non rognés.

On y a ajouté les gravures à l'eau-forte par Reveil, d'après les dessins de A. Collin. *Paris, Audot*, 1833, même rel.

III. POÉSIE DRAMATIQUE

I. THÉATRE DES GRECS

146. Feu Séraphin. Histoire de ce spectacle, depuis son origine jusqu'à sa disparition, 1776-1870. *Lyon, N. Scheuring*, 1875, in-8, portr. par *Fred. Hillemacher*, fig., br.

147. THÉATRE DES GRECS, par le P. Brumoy, nouvelle édition enrichie de très belles gravures, et augmentée de la traduction entière des pièces grecques, dont il n'existe que des extraits dans les éditions précédentes. *A Paris, chez Cussac*, 1785, 13 vol. in-4, 23 figures par *Borel, Le Barbier, Marillier, Monnet*, etc., épreuves AVANT LA LETTRE, mar. rouge, compart. de fil., dos ornés, doublés de tabis, tr. dor. (*Rel. anc.*)

Très bel exemplaire en grand papier, tiré de format in-4.

148. LE THÉATRE DES GRECS, par le P. Brumoy, seconde édition complète, revue, corrigée et augmentée de la traduction d'un choix de fragmens des poètes grecs, tragiques et comiques, par M. Raoul Rochette. A

Paris, chez Madame veuve Cussac, 1820, 16 vol. in-8,
fig., demi-rel. veau, non rognés. (*Thouvenin.*)
Exemplaire en grand papier vélin.

2. THÉATRE FRANÇAIS

A. *Histoire du Théâtre.*

149. Le Théâtre françois, divisé en trois livres (par
Samuel Chappuzeau), où il est traité : 1º de l'usage de
la comédie ; 2º des autheurs qui soutiennent le théâtre ;
3º de la conduite des comédiens. *Bruxelles, A. Mertens*,
1864, in-12, br.

150. HISTOIRE DU THÉATRE FRANÇOIS depuis son origine
jusqu'à présent, avec la vie des plus célèbres poètes
dramatiques, un catalogue exact de leurs pièces, et
des notes historiques et critiques par les frères Par-
faict. *A Paris, chez Le Mercier*, 1745, 15 vol. in-12,
br.
Piqûres de vers au tome Ier.

151. Etrennes de Thalie, ou précis historique sur les
acteurs et actrices célèbres des trois grands théâtres
de la Capitale, suivi d'anecdotes dramatiques et d'un
traité de déclamation, avec soixante portraits. *Paris,
veuve Hocquart*, 1811, in-18, portr. en couleurs, demi-
rel. veau rouge.

152. Annales dramatiques, ou dictionnaire général des
théâtres, par une société de gens de lettres. *A Paris,
chez Babault*, 1808, 9 vol. in-8, demi-rel. veau vert.

153. Le Rideau levé ou petite revue des grands théâtres
(par Ch. de Sevelinges). *Paris, Maradan*, 1818, in-8
cart., non rogné.

154. Les Spectacles de Paris (par l'abbé de La Porte, etc.).
Paris, Duchesne, 1754, 1759-1761, 1764-1766, 1768-
1770, 1773-1794, 1800 et 1815. 39 vol. — Mémorial
dramatique, ou almanach théâtral. *Paris, Hoquet*,
1807-1817, 11 vol. br. — Almanach des spectacles.
Paris, Barba, 1822-1831, 1834-1837, 13 vol. — Almanach des spectacles. *Paris, Jouaust*, 1874-1875, 2 vol.
br. — Ensemble 65 vol. in-18, reliés et brochés.

155. Almanach des spectacles, par K. et Z. *Paris, Janet*,
1818-1825, 8 vol. in-32, nomb. fig. en couleurs, veau
marbr., fil., tr. dor.

156. GALERIE HISTORIQUE DES ACTEURS DU THÉATRE FRAN-
ÇAIS, depuis 1600 jusqu'à nos jours, par P. D. Lema-
zurier. *Paris, Chaumerot*, 1810, 2 vol. in-8, front. de
Le Barbier, épreuve AVANT LA LETTRE, et portr., demi-
rel. mar. vert, dos et coins, têtes dor., non rognés.

> Exemplaire en papier vélin, auquel on a ajouté 150 portraits
> dont : Bellecourt, pièce en couleurs ; — Dazincourt, gravé par *De
> Launay*. — Grandval, pièce en couleurs. — Molière, par *A. de Saint-
> Aubin*, le nom au pointillé, 2ᵐᵉ état sur pap. de Chine. — Mᵐᵉ Belle-
> court, pièce en couleurs. — Mᵐᵉ Desbrosses, pièce en bistre. —
> Mˡˡᵉ Desmares, d'après *Watteau*. — Mˡˡᵉ Olivier, par *Desrais*. —
> Dugazon, par *Duplessis-Bertaux*. — Delarive, par *A. de Saint-Aubin*,
> état non décrit par M. Bocher. — Mˡˡᵉ Contat, pièce en couleurs.

157. Galerie des artistes dramatiques de Paris, avec
portraits et notices biographiques. *Paris, Marchand*,
1841, 99 liv. et 99 portr., in-4, br.

158. LES SOUVENIRS ET LES REGRETS du viel amateur dra-

matique, ou lettres d'un oncle à son neveu sur l'ancien théâtre français (par Vincent Arnault). *Paris, Alph. Leclère*, 1861, in-8, fig., demi-rel. mar. vert, dos et coins, tête dor., non rogné.

Exemplaire monté sur onglets, avec les figures coloriées.

159. Acteurs et actrices célèbres qui se sont illustrés sur les trois grands théâtres de Paris, ouvrage orné de trente portraits coloriés, par J.-G. Saint-Sauveur. *Paris, Latour*, 1808, in-18, portr. en couleurs, demirel. mar. rouge, tête dor., ébarbé.

160. Galerie historique des portraits des comédiens de la troupe de Molière, gravés à l'eau-forte, sur des documents authentiques, par Frédéric Hillemacher. *Lyon, N. Scheuring*, 1869, in-8, fig., br.

161. Galerie historique des portraits des comédiens de la troupe de Voltaire, gravés à l'eau-forte, sur des documents authentiques, par Frédéric Hillemacher, avec des détails biographiques inédits, par E.-D. de Manne. *Lyon, N. Scheuring*, 1861, in-8, fig., demirel. mar. rouge, dos et coins, tête dor., non rogné.

162. Galerie historique des comédiens de la troupe de Talma, par E.-D. de Manne, avec des portraits gravés à l'eau-forte, par Frédéric Hillemacher. *Lyon, N. Scheuring*, 1866, in-8, fig., br.

163. Galerie historique de la comédie française, pour servir de complément à la troupe de Talma, par E.-D. de Manne et C. Ménétrier, ornée de portraits gravés à l'eau-forte par M. Fugère. *Lyon, N. Scheuring*, 1876, in-8, fig. br.

164. Galerie historique des comédiens de la troupe de
Nicolet, par E.-D. de Manne et C. Ménétrier, avec des
portraits gravés à l'eau-forte par Frédéric Hillemacher.
Lyon, *N. Scheuring*, 1869, in-8, portr., br.

165. Galerie historique des acteurs français, mimes et
paradistes, qui se sont rendus célèbres dans les
annales des scènes secondaires, depuis 1760 jusqu'à
nos jours, par E.-D. de Manne et C. Ménétrier, ornés
de portraits gravés à l'eau-forte, par J.-M. Fugère.
Lyon, *N. Scheuring*, 1877, in-8, fig., demi-rel. mar.
vert, dos et coins, tête dor., non rogné.

166. Le Cirque Franconi, détails historiques sur cet
établissement hippique, avec quelques portraits gravés
à l'eau-forte, par Frédéric Hillemacher. *Lyon*, *L.
Perrin*, 1875, in-8, portr., br.

167. Collection des mémoires sur l'art dramatique. *Paris,
Ponthieu*, 1822, 13 vol. in-8, demi-rel. mar. brun,
têtes dor., non rognés.

> Mémoires sur Molière. — Garrick et Mackin. — Goldoni, 2 vol. —
> Mlle Clairon. — Mlle Dumesnil. — Preville et Dazincourt. — Lekain. —
> Molé. — Mme Bellamy, 2 vol. — Brandes, 2 vol.

168. Chroniques des petits théâtres de Paris, depuis
leur création jusqu'à ce jour, par N. Brazier. *Paris,
Allardin*, 1837, 2 vol. in-8 br.

B. *Pièces de théâtre, des origines jusqu'à nos jours.*

169. Ancien théâtre françois, ou collection des ouvrages
dramatiques les plus remarquables, depuis les mystères

jusqu'à Corneille, publié avec des notes et éclaircissements par M. Viollet-le-Duc. *A Paris, chez P. Jannet*, 1854, 10 vol. in-12, demi-rel. mar. grenat, dos et coins, têtes dor., non rognés.

170. Recueil de farces, soties et moralités du quinzième siècle, réunies pour la première fois et publiées avec des notices et des notes, par P.-L. Jacob. *Paris, Delahays*, 1859, in-12, demi-rel. mar. rouge, dos et coins, tête dor., non rogné.

Exemplaire en grand papier de Hollande.

171. LES TRAGÉDIES DE ROBERT GARNIER, conseiller du roy. *A Paris, chez Catherine Nyverd*, 1607, in-12, mar. rouge, fil., dos orné, dent. intér., tr. dor. (*Hardy-Menil.*)

Bel exemplaire grand de marges.

172. Répertoire du théâtre françois, ou recueil des tragédies et comédies, restées au théâtre depuis Rotrou, pour faire suite aux éditions de Corneille, Molière, Racine, Regnard, Crebillon et Voltaire, avec des notices sur chaque auteur, par M. Petitot. *Paris, Foucault*, 1817, 25 vol. — Répertoire du théâtre françois, troisième ordre, avec un discours préliminaire par M. Petitot. *Paris, Foucault*, 1819, 8 vol. — Ensemble 33 vol. in-8, fig., demi-rel. chag. brun, non rognés.

173. ŒUVRES DE JEAN ROTROU. *A Paris, chez Th. Desoer*, 1820, 5 vol. in-8, demi-rel. mar. rouge, dos et coins, têtes dor., non rognés.

Exemplaire en grand papier vélin.

174. Œuvres de Cyrano de Bergerac, nouvelle édition, revue et publiée avec des notes, par P.-L. Jacob. *Paris, Delahays*, 1858, 2 vol. in-12, demi-rel. mar. rouge, dos et coins, têtes dor., non rognés.

Exemplaire en grand papier de Hollande.

175. Œuvres de P. Corneille, avec les commentaires de Voltaire. *A Paris, chez Ant. Aug. Renouard*, 1817, 12 vol. in-8, 2 portr. gr. par *Saint-Aubin*, 23 fig. dess. par *Moreau* et 1 par *Prudhon*, demi-rel. veau, non rognés.

Belles épreuves des figures.

176. Œuvres de P. Corneille, nouvelle édition revue et augmentée de morceaux inédits, des variantes, de notices, de notes, d'un lexique des mots et locutions remarquables, d'un portrait, de fac-simile, etc., par M. Ch. Marty-Laveaux. *Paris, Hachette*, 1862-1872, 12 vol. in-8, et album, br.

De la collection des grands écrivains, exemplaire en grand papier de Hollande.

177. Théatre de messieurs de Montfleury père et fils, nouvelle édition. *A Paris, chez la veuve Duchesne*, 1775, 4 vol. in-12 veau fauve, fil., tr. dor. (*Derome.*)

Bel exemplaire provenant des bibliothèques du comte d'Haubersart et de Guy Pellion.

178. Œuvre de Molière, nouvelle édition augmentée de la vie de l'auteur et des remarques historiques et critiques, par M. de Voltaire, avec de très belles figures en tailles douces. *A Amsterdam, chez Arkstée et Merkus*, 1765, 6 vol. pet. in-12, front., portr. et 32 figures de *Punt*, d'après *Boucher*, demi-rel. mar. rouge, dos et coins, têtes dor., non rognés.

179. ŒUVRES DE MOLIÈRE, avec des remarques grammaticales, des avertissemens et des observations sur chaque pièce, par M. Bret. *A Paris, par la compagnie des libraires associés*, 1773, 6 vol. in-8, portr. de Molière, gravé par *Cathelin*, d'après *Mignard*; 6 fleurons sur les titres et 33 figures dessinés par *Moreau*, gravés par *Baquoy, Delaunay, Duclos, Lebas, Masquelier, Née, Simonet*, etc., mar. rouge, fil., dos ornés, dent. intér., tr. dor. (*Cuzin.*)

Bel exemplaire auquel on a ajouté la seconde suite des figures dessinées par *Moreau*, publiées par Renouard.

180. ŒUVRES DE MOLIÈRE, avec un commentaire, un discours préliminaire et une vie de Molière, par M. Auger. *A Paris, chez Th. Desoer*, 1819, 9 vol. in-8, portr. et fig., demi-rel. mar. brun, dos et coins, non rognés.

Exemplaire en grand papier jésus vélin, avec le portrait de Molière, par *Lignon*, d'après *Fragonard*, et 16 figures dessinées par *H. Vernet, Deveria*, etc., épreuves AVANT LA LETTRE.

181. ŒUVRES COMPLÈTES DE MOLIÈRE, avec les variantes. *Paris, L. de Bure*, 1825, gr. in-8, portr. et fig., mar. brun, compart. de fil., dos orné, tr. dor. (*Thouvenin.*)

Bel exemplaire auquel on a ajouté le portrait de Molière, d'après *Fragonard*, et la suite de 18 figures in-8, dessinées par *Desenne*, épreuves AVANT LA LETTRE.

182. THÉATRE COMPLET DE J.-B. POQUELIN DE MOLIÈRE, préface par M. D. Nisard, dessins de Louis Leloir, gravés à l'eau-forte par Flameng. *Paris, Jouaust*, 1876, 8 vol. in-8, portr. et fig., br.

183. ŒUVRES DE MOLIÈRE, nouvelle édition, revue et augmentée de variantes, de notices, de notes, d'un lexique des mots et locutions remarquables, d'un por-

trait, de fac-simile, par MM. Eug. Despois et Paul
Mesnard. *Paris, Hachette*, 1873-1886, 9 vol. in-8 br.
(Tomes 1 à 9.)

De la collection des grands écrivains, exemplaire en grand papier
de Hollande.

184. Histoire de la vie et des ouvrages de Molière, par
J. Taschereau. *Paris, Ponthieu*, 1825. in-8, portr.,
demi-rel. mar. rouge, dos et coins, tête dor., non
rogné.

185. Le Théatre de M. Quinault, *suivant la copie imprimée à Paris*, 1662-1697, 16 pièces en 3 vol. pet. in-12,
titres et front. gravés, mar. rouge, fil., dos ornés,
dent. intér., tr. dor. (*Cuzin.*)

Édition qui se joint à la collection des Elzeviers, exemplaire aux
armes du comte de Lagondie.

186. Œuvres choisies de Quinault, précédées d'une nouvelle notice sur sa vie et ses ouvrages. *A Paris, chez
Crapelet*, 1824, 2 vol. in-8, portr., demi-rel. mar.
bleu, dos et coins, têtes dor., non rognés.

L'un des 40 exemplaires en grand papier vélin.

187. Œuvres de Racine, nouvelle édition augmentée de
diverses pièces et de remarques. *A Amsterdam, chez
Arkstée et Merkus*, 1750, 3 vol. in-12, portr. et fig..
dessinés par *Dubourg*, gravés par *Tanjé*, fleurons dessinés par *Punt*, mar. rouge, fil., dos ornés, dent. intér.,
têtes dor., non rognés.

Bel exemplaire, rare en cette condition.

188. Œuvres de Jean Racine, avec des commentaires,
par M. Luneau de Boisjermain. *A Paris, de l'impri-*

merie de Louis Cellot, 1768, 7 vol. in-8, portr. de Racine,
d'après *Santerre*, gravé par *Gaucher*, et 12 fig. dessinées par *Gravelot* : épreuves AVANT LA LETTRE, veau
fauve, fil.

Bel exemplaire.

189. ŒUVRES COMPLÈTES DE J. RACINE, avec le
commentaire de M. de Laharpe. *A Paris, chez H.
Agasse*, 1807, 7 vol. in-8, pap. vélin, mar. vert, fil.,
tr. dor. (*Chaumont.*)

Bel exemplaire, contenant : le portrait de Racine, gravé par *Saint-
Aubin* ; la suite de 12 figures dessinées par *Moreau*, gravées par
de Gendt, Roger, Simonet, Trière, etc., pour l'édition de Renouard.
ÉPREUVES AVANT LA LETTRE ; le portrait de Racine, gravé par *Pierron*,
d'après *Santerre*, et les 57 figures de *Chaudet, Gerard, Girodet*, etc.,
gravées pour l'édition de P. Didot l'aîné, publiée en 1801 et repro-
duites au trait par *Calmé*.
De la bibliothèque de lord Gosford.

190. Œuvres complètes de J. Racine, avec les notes de
tous les commentateurs, cinquième édition, publiée
par L. Aimé Martin. *A Paris, chez Lefèvre*, 1844,
6 vol. in-8, portr. et fig. de *Desenne*, demi-rel. mar.
rouge, dos et coins, têtes dor., non rognés.

191. Œuvres complètes de J. Racine, avec une vie de
l'auteur et un examen de chacun de ses ouvrages, par
M. Saint-Marc Girardin. *Paris, Garnier*, 1869, 8 vol.
in-8, portr. et fig., br.

Exemplaire en grand papier de Hollande.

192. ŒUVRES DE J. RACINE, nouvelle édition revue et
augmentée de morceaux inédits, des variantes, de
notices, de notes, d'un lexique des mots et locutions
remarquables, d'un portrait, de fac-simile, etc., par

M. Paul Mesnard. *Paris, Hachette*, 1865-1873, 8 vol.
in-8, album et musique, br.

De la collection des grands écrivains, exemplaire en grand papier
de Hollande.

193. Théâtre de feu monsieur Boursault, nouvelle édition, revue, corrigée et augmentée de plusieurs pièces,
qui n'ont point paru dans les précédentes. *A Paris,
chez la veuve de Pierre Ribou*, 1725, 3 vol. in-12, demi-
rel. mar. rouge, dos et coins, têtes dor., non rognés.
(*Simier.*)

194. Poèmes dramatiques de T. Corneille. *A Paris, chez
Guillaume de Luyne*, 1682, 4 vol. in-12, front. gr.,
veau brun.

Frontispices gravés aux trois premiers volumes.

195. LES ŒUVRES DE M. REGNARD. *A Bruxelles, chez S.
t'Serstevens*, 1720, 2 vol. pet. in-12, front. et fig., mar.
rouge, fil., dos ornés, dent. intér., tr. dor.

196. Œuvres complètes de Regnard, avec des avertissements et des remarques sur chaque pièce, par
M. Garnier. *A Paris, chez Lefèvre*, 1810, 6 vol. in-8,
portr. et fig. dessinés par *Moreau*, veau fauve, fil.,
dos ornés, tr. dor.

197. ŒUVRES COMPLÈTES DE J.-F. REGNARD,
nouvelle édition, avec des variantes et des notes. *A
Paris, de l'imprimerie de Crapelet*, 1822, 6 vol. in-8,
portr. et fig. de *Desenne*, épreuves sur papier de
Chine, AVANT LA LETTRE, demi-rel. mar. bleu, dos et
coins, têtes dor., non rognés.

L'un des 80 exemplaires en grand papier vélin ; l'on y a ajouté : 1° la
suite des figures dessinées par *Moreau* et *Marillier*; 2° celle dessinée
par *Borel*.

198. Œuvres de Monsieur Rivière Du Fresny, nouvelle édition, corrigée et augmentée. *A Paris, chez Briasson,* 1747, 4 vol. in-12, portr., mar. rouge, fil., dos orné, dent. intér., tr. dor. (*Chambolle-Duru.*)

199. LES ŒUVRES DE THÉATRE DE MONSIEUR D'ANCOURT, quatrième édition, revue et corrigée. *A Paris, par la Compagnie des libraires associés,* 1742, 8 vol. in-12, mar. rouge, fil., tr. dor. (*Bradel-Derome.*)

200. Œuvres de Monsieur Destouches, nouvelle édition, revue, corrigée, considérablement augmentée, et ornée de belles figures en taille douce. *A Amsterdam, chez Arkstée et Merkus,* 1755, 5 vol. in-12, portr., fleurons et figures, mar. vert jans., dent. intér., tr. dor. (*Duru.*)

Exemplaire relié sur brochure.

201. Œuvres dramatiques de N. Destouches, nouvelle édition, précédée d'une notice sur la vie et les ouvrages de l'auteur. *A Paris, de l'imprimerie de Crapelet,* 1822, 6 vol. in-8, portr. et fig. de *Laffite,* épreuves avant la lettre, veau fauve, fers à froid. (*Ginain.*)

L'un des 80 exemplaires tirés sur grand papier vélin.

202. Œuvres choisies de La Chaussée. *Paris, P. Didot l'aîné,* 1810, 2 vol. in-12, demi-rel. mar. brun, dos et coins, têtes dor., non rognés.

203. Œuvres de théatre de M. de Boissy. *A Paris, chez Prault,* 1738-1742, 7 vol. in-12, mar. vert, fil., dos ornés, tr. dor. (*Rel. anc.*)

Bel exemplaire.

204. ŒUVRES DE CRÉBILLON, édition ornée de figures dessinées par Peyron et gravées sous sa direction. *A Paris, de l'imprimerie de Didot jeune*, an V, 1797, 2 tomes en 4 vol., front. et 9 figures dessinés par *Peyron*, gravés par *Baquoy, Le Mire, Patas, Trière*, etc., mar. rouge, fil., dos ornés, doublé de tabis, mors de mar., tr. dor. (*Bozérian.*)

> L'un des deux exemplaires imprimés sur peau de vélin, contenant les épreuves en quadruple état, AVANT LA LETTRE, avec le nom des artistes, AVANT TOUTES LETTRES, sur papier blanc et tirées en bleu, et EAUX-FORTES.

205. Œuvres complettes de M. de Belloy. *A Paris, chez Cussac*, 1787, 6 vol. in-8, portr. et 6 figures dessinées par *Borel*, veau fauve, fil., dos orné, tr. dor. (*Rel. anc.*)

206. Œuvres de Collin d'Harleville, nouvelle édition, ornée de son portrait et enrichie d'une notice sur sa vie. *A Paris, chez Janet et Cotelle*, 1821, 4 vol. in-8, portr., veau rouge, fers à froid, tr. dor. (*Thouvenin.*)

207. ŒUVRES DE J.-F. DUCIS. *Paris, A. Nepveu*, 1826, 4 vol. in-8, portr. et fig. de *Desenne*, épreuves AVANT LA LETTRE, demi-rel. mar. rouge, dos et coins, non rognés. (*Koehler.*)

> Exemplaire en grand papier vélin.

208. Œuvres de L.-B. Picard. *A Paris, chez J.-N. Barba*, 1821, 10 vol. — Théâtre républicain, posthume et inédit, de L.-B. Picard. *Paris, Ch. Bechet*, 1832. — Ensemble 11 vol. in-8, portr., demi-rel. veau fauve, non rognés.

209. Les deux Masques, tragédie-comédie, par Paul de

Saint-Victor. *Paris, Calmann Lévy*, 1880, 3 vol. in-8
br.

L'un des 30 exemplaires en grand papier de Hollande.

210. L'Hetman, drame en cinq actes, en vers, par Paul
Déroulède. *Paris, Calmann Lévy*, 1877, in-18, mar.
vert jans., dent. intér., tr. marbr.

Édition originale, avec un envoi autographe à M. H. de Ville-
messant.

C. *Opéras. — Farces.*

211. L'ACADÉMIE IMPÉRIALE DE MUSIQUE, histoire littéraire,
musicale, chorégraphique, pittoresque, morale, critique, facétieuse, politique et galante de ce théâtre, de
1545 à 1855, par Castil-Blaze. *Paris*, 1855, 2 vol. in-8,
mar. bleu, fil., dos ornés, dent. intér., tr. dor. (*Closs.*)

212. DE L'OPÉRA EN FRANCE, par M. Castil-Blaze. *Paris,
Janet et Cotelle*, 1820, 2 vol. in-8, mar. bleu, fil., dos
ornés, dent. intér., tr. dor. (*Andrieux.*)

213. MÉMORIAL DU GRAND OPÉRA, épilogue de l'Académie
royale de musique, par Castil-Blaze. *Paris*, 1847, in-8,
mar. bleu, fil., dos orné, dent. intér., tr. dor. (*Closs.*)

214. Le Balcon de l'Opéra, par Joseph d'Ortigue. *Paris,
Eugène Renduel*, 1833, in-8, front. sur papier de
Chine de Célestin Nanteuil, demi-rel. mar. bleu, dos
et coins, tête dor., non rogné.

Exemplaire contenant à la fin le catalogue de Renduel.

215. RECUEIL DES OPÉRA, des balets et des plus belles
pièces en musique, qui ont été représentées depuis

dix ou douze ans jusques à présent devant Sa Majesté. *Suivant la copie de Paris, à Amsterdam, chez Abraham Wolfgang,* 1687, 3 vol. pet. in-12, front. gr., mar. rouge, fil. à la Du Seuil, dos ornés, dent. intér., tr. dor. (*Cuzin.*)

216. MOLIÈRE MUSICIEN, notes sur les œuvres de cet illustre maître, avec des considérations sur l'harmonie de la langue française, par Castil-Blaze. *Paris,* 1852, 2 vol. in-8, mar. bleu, fil., dos ornés, dent. intér., tr. dor. (*Closs.*)

217. L'OPÉRA ITALIEN, de 1548 à 1856, par Castil-Blaze. *Paris,* 1856, mar. bleu, fil., dos orné, dent. intér., tr. dor. (*Closs.*)

218. Les Spectacles de la foire, documents inédits, recueillis aux archives nationales par Emile Campardon. *Paris, Berger-Levrault,* 1877, 2 vol. in-8 br.
Exemplaire en papier de Hollande.

3. THÉATRE ÉTRANGER

219. CHEFS-D'ŒUVRE DES THÉATRES ÉTRANGERS : Allemand, Anglais, Espagnol, Hollandais, Italien, Polonais, Portugais, Russe, Suédois, traduits en français. *A Paris, chez Ladvocat,* 1822, 25 vol. in-8 br.
Exemplaire en grand papier vélin.

220. ŒUVRES COMPLÈTES DE SHAKSPEARE, traduites de l'anglais par Letourneur, nouvelle édition, revue et corrigée par F. Guizot et A. P. (Pichot), traducteur de lord Byron, précédée d'une notice biographique et

littéraire sur Shakspeare, par F. Guizot. *A Paris, chez Ladvocat*, 1821, 13 vol. in-8, portr., demi-rel. veau vert, non rognés.

Exemplaire en grand papier vélin.

221. Œuvres complètes de W. Shakespeare, François-Victor Hugo, traducteur. *Paris, Pagnerre*, 1859, 16 vol. in-8, demi-rel. veau gris, dos et coins, têtes dor., non rognés.

IV. FICTIONS EN PROSE.

I. FABLES. — ROMANS GRECS.

222. Fables inédites des xiie, xiiie et xive siècles, et fables de La Fontaine, rapprochées de celles de tous les auteurs qui avoient, avant lui, traité les mêmes sujets, précédées d'une notice sur les fabulistes, par A.-C.-M. Robert. *Paris, E. Cabin*, 1825, 2 vol. in-8, portr. et fig., demi-rel. chag. rouge.

223. LES AMOURS PASTORALES DE DAPHNIS ET DE CHLOÉ (traduites du grec de Longus, par Jac. Amyot, avec un avertissement par Ant. Lancelot). *S. l. (Paris, imprimerie de Quillau)*, 1745, pet. in-8, fig. gravées par *Audran*, d'après les dessins de *Philippe duc d'Orléans*, vignettes, culs-de-lampe par *Cochin*, mar. rouge, fil., dos orné, tr. dor. (*Rel. anc.*)

Bel exemplaire en grand papier, tiré de format petit in-4°, contenant la 29e figure, « *conclusion du roman* », gravée par le comte de Caylus.

224. Daphnis et Chloé, ou les pastorales de Longus, traduites du grec par J. Amyot, nouvelle édition, revue, corrigée et augmentée. *Paris, Leclerc,* 1863. in-8, vignettes et culs-de-lampes, demi-rel. mar. grenat, dos et coins, tête dor., non rogné.

2. ROMANS FRANÇAIS.

225. La Bibliothèque bleue, entièrement refondue et considérablement augmentée. *A Liège, chez F.-J. Desoer,* 1787, 3 vol. in-12, mar. bleu jans., dent. intér., tr. dor. (*Capé.*)

> Exemplaire relié sur brochure, contenant : Pierre de Provence. — Robert le Diable. — Richard sans peur. — Fortunatus. — Jean de Calais. — Les quatre fils d'Aymon.

226. LES AVENTURES DE TÉLÉMAQUE, fils d'Ulysse, par M. de Fénelon. *A Paris, de l'imprimerie de Monsieur,* 1790, 2 vol. in-8, pap. vélin, portr. gravé par *Hubert,* d'après *Vivien,* et 24 figures dessinées par *Marillier,* gravées par *Baquoy, Dambrun, Delvaux, de Gendt, Masquelier, Ponce,* etc., ÉPREUVES AVANT LA LETTRE, mar. rouge, dent., dos ornés, doublés de tabis, tr. dor. (*Rel. anc.*)

227. Les Aventures de Télémaque, fils d'Ulysse, par François Salignac de La Mothe Fénelon. *A Paris, chez Th. Barrois,* an VII, 2 vol. in-18, pap. vélin, portr. et fig., mar. rouge, fil., dos ornés, dent. intér., tr. dor. (*Cuzin*).

> Portrait gravé par *Gaucher,* d'après *Vivien,* et 24 figures dessinées par *Lefebvre,* gravées par *Delvau, Simonet, Trière,* etc.

228. Les Œuvres de M. François Rabelais, docteur en médecine, augmentées de la vie de l'auteur et de quelques remarques sur sa vie et sur l'histoire, avec l'explication de tous les mots difficiles. *S. l.* (*A la Sphère*), 1666, 2 vol. pet. in-12, mar. brun, tr. dor.

Exemplaire grand de marges, aux armes du vicomte Savigny de Moncorps.

229. Œuvres de Maître François Rabelais, suivies des remarques publiées en anglois, par M. Le Motteux, nouvelle édition, ornée de 76 gravures. *A Paris, chez Bastien*, an VI, 3 vol. in-4, fig., demi-rel. mar., non rognés.

Exemplaire en grand papier, tiré de format in-4.

230. ŒUVRES DE RABELAIS, édition variorum, augmentée de pièces inédites, des songes drolatiques de Pantagruel, ouvrage posthume, avec l'explication en regard, des remarques de Le Duchat, de Bernier, de Le Motteux, de l'abbé de Marsy, de Voltaire, de Guinguené, etc., et d'un nouveau commentaire historique et philologique, par Esmangart et Eloi Johanneau. *A Paris, chez Dalibon*, 1823, 9 vol. in-8, portr. et fig. de *Deveria*, épreuves en triple état, sur pap. blanc, AVANT LA LETTRE; sur pap. de Chine, AVANT LA LETTRE et EAUX-FORTES, demi-rel. mar. brun, dos et coins, non rognés. (*Thouvenin.*)

Très bel exemplaire en grand papier jésus vélin; on y a ajouté la suite de figures sur bois de Desenne, publiée par Desoer.

231. LES ŒUVRES DE MAITRE FRANÇOIS RABELAIS, accompagnées d'une notice sur sa vie et ses ouvrages, d'une étude bibliographique, de variantes, d'un commen-

taire, d'une table des noms propres et d'un glossaire,
par Ch. Marty-Laveaux. *Paris, A. Lemerre*, 1868,
3 tomes en 4 vol. in-8 br.

L'un des 22 exemplaires en papier Whatman.

232. Œuvres de Rabelais, collationnées pour la première
fois sur les éditions originales, accompagnées d'un
commentaire nouveau, par MM. Burgaud Des Marets
et Rathery. *Paris, Firmin Didot*, 1874, 2 tomes en
4 vol. in-8, demi-rel. mar. rouge, dos et coins, têtes
dor., non rognés.

Exemplaire en grand papier de Hollande.

233. LES CINQ LIVRES DE F. RABELAIS, publiés
avec des variantes et un glossaire, par P. Cheron, et
ornés de onze eaux-fortes, par E. Boilvin. *Paris,
Jouaust*, 1876, 5 vol. in-8, fig., demi-rel. mar. rouge,
dos et coins, têtes dor., non rognés.

Très bel exemplaire en grand papier, contenant, outre la suite de
Boilvin en double état, AVANT et AVEC LA LETTRE : 1° la suite de
76 figures de l'édition Bastien ; 2° portr. de *Desenne* et 12 figures de
l'édition Desoer, sur papier de Chine ; 3° la suite de 2 portraits et
10 figures de *Deveria*, épreuves AVANT LA LETTRE sur chine ; 4° la
suite des figures, d'après *B. Picard*, publiées par Wilhem, épreuves
en double état, noir et bistre, avant la lettre ; 5° la suite de 15 figures,
gravées à l'eau-forte par Bracquemond, et 2 portraits divers. Ensemble
174 pièces.

234. LE RABELAIS MODERNE, ou les œuvres de maître
François Rabelais, docteur en médecine, mises à la
portée de la plupart des lecteurs, avec des éclaircissemens historiques, pour l'intelligence des allégories
contenues dans le Gargantua et dans le Pantagruel. *A
Amsterdam, chez J.-F. Bernard*, 1752, 8 vol. pet. in-12,
mar. rouge, fil., dos ornés, tr. dor. (*Rel. anc.*)

Bel exemplaire.

235. La vraie histoire comique de Francion, composée
par Charles Sorel, sieur de Souvigny, nouvelle édition,
avec avant-propos et note, par Emile Colombey. *Paris,
Delahays*, 1858, in-12, front. gr., demi-rel. mar.
rouge, dos et coins, tête dor., non rogné.
> Exemplaire en grand papier de Hollande.

236. LE ROMAN COMIQUE, PAR SCARRON, édition ornée de
figures dessinées par Le Barbier, et gravées sous sa
direction. *A Paris, de l'imprimerie de Didot jeune*,
an IV (1796), 3 vol. in-8, fig., demi-rel. mar. rouge,
dos et coins, têtes dor., non rognés.
> Bel exemplaire, en grand papier vélin, contenant : portrait de
> Scarron, et 15 figures dessinées par *Le Barbier*, gravées par *Baquoy,
> Dambrun, Patas, Simonet*, etc., épreuves AVANT LA LETTRE.

237. HISTOIRE DE GIL-BLAS de Santillane, par Le Sage.
Paris, P. Didot l'aîné, 1819, 3 vol. in-8, portr. et fig.,
demi-rel. mar. rouge, dos et coins, têtes dor., non
rognés.
> Exemplaire en papier fin, auquel on a ajouté 2 portraits et 2 suites
> de figures, dont celle de 12 pièces, dess. par *Choquet*, en double état,
> AVANT LA LETTRE, et EAUX FORTES.

238. Alain-René Le Sage, Histoire de Gil-Blas de Santillane, précédée d'une préface par H. Reynald, treize
eaux-fortes, par R. de Los Rios. *Paris, Jouaust*, 1879,
4 vol. in-8, fig., br.
> Exemplaire en papier de Hollande, tiré de format in-8.

239. Histoire de Manon Lescaut et du chevalier Des
Grieux, par l'abbé Prévost. *A Paris, Alph. Leclerc*,
1860, 2 vol. in-12, portr., et 8 figures dessinées par
Lefebvre, gravées par *Coiny*, demi-rel. mar. rouge,
dos et coins, têtes dor., non rognés.

240. Collection complette des œuvres de M. de Crébillon le fils. *Londres*, 1772, 7 vol. in-12, demi-rel., non rognés.

241. Le Fond du sac, ou recueil de contes en vers et en prose, et de pièces fugitives. *Paris, Leclerc*, 1866, in-8, front. et vignettes, demi-rel. mar. grenat, dos et coins, tête dor., non rogné.

242. Le Compère Mathieu, ou les bigarrures de l'esprit humain (par l'abbé Dulaurens). *A Londres*, 1772, 3 tomes en 1 vol. in-12, veau marbr.

Aux armes.

243. LES AMOURS DU CHEVALIER DE FAUBLAS, par J.-B. Louvet. *A Paris, chez l'auteur*, an VI (1798), 4 vol. in-8, fig., demi-rel. mar. rouge, dos et coins, tr. dor.

Bel exemplaire, contenant la suite des 27 planches dessinées par *Demarne, Dutertre, Mlle Gerard, Marillier, Monsiau* et *Monnet*, gravées par *Baquoy, Choffard, Courbé, Dambrun, Delaunay, Dupréel, Halbou, Le Mire, Palas, Saint-Aubin*, etc. EPREUVES AVANT LA LETTRE.

244. LES LIAISONS DANGEREUSES, lettres recueillies dans une Société et publiées pour l'instruction de quelques autres, par C*** de L*** (Choderlos de Laclos). *Londres (Paris)*; 1796, 2 vol. in-8, 2 frontispices et 13 figures dessinés par *Monnet* et *Mlle Gerard*, gravés par *Bacquoy, Duplessis-Bertaux, Le Mire, Lingée, Masquelier, Simonet* et *Trière*, mar. rouge jans., dent. intér., tr. dor. (*Smeers.*)

245. LE PAYSAN ET LA PAYSANE PERVERTIS, ou les dangers de la ville, histoire récente, mise au jour d'après les véritables lettres des personnages, par N.-E. Retif de

la Bretonne. *La Haye*, 1784, 4 vol. in-12, fig., cart., non rognés.

Bel exemplaire; les 120 figures de *Binet*, épreuves en premier état, sont remontées et collées en plein, formant un album in-4.

246. LES CONTEMPORAINES, ou aventures des plus jolies femmes de l'âge présent (par Restif de La Bretonne). *A Leipsick, et se trouve à Paris, chez la veuve Duchesne*, 1781-1785, 42 tomes en 21 vol. in-12, figures, demi-rel. veau fauve, ébarbé.

Il manque 2 figures.

247. LA SEMAINE NOCTURNE, sept nuits de Paris (par Restif de La Bretonne), qui peuvent servir de suite aux III-CLXXX déjà publiées. *A Paris, chez Guillot*, 1790, in-12, 2 fig., mar. rouge, fil. et coins, dos orné, dent. intér., tr. dor. (*Hardy.*)

Exemplaire relié sur brochure.

248. Le Palais-Royal (par Restif de La Bretonne). *A Londres*, 1792, 3 vol. in-12, demi-rel. mar. rouge.

Les figures manquent.

249. Œuvres complètes de H. de Balzac, la comédie humaine. *Paris, A. Houssiaux*, 1853, 20 vol. in-8, portr. et fig., demi-rel. veau gris, dos et coins, non rognés.

250. ŒUVRES COMPLÈTES DE H. DE BALZAC, la comédie humaine. *Paris, Michel Lévy*, 1869-1876, 24 vol. in-8 br.

Exemplaire en grand papier de Hollande.

251. Œuvres de Gustave Flaubert, Madame Bovary, mœurs de province. *Paris, A. Lemerre*, 1874, 2 vol.

in-18, front. et fig., gravés à l'eau-forte par Boilvin,
demi-rel. mar. rouge, dos et coins, têtes dor., non
rognés.

252. Salammbô, par Gustave Flaubert. *Paris, Michel Lévy,*
1863, in-8, demi-rel. chag. rouge, non rogné.
Édition originale, exemplaire en papier de Hollande.

3. ROMANS GALANTS — CONTES ET NOUVELLES

253. Les Galanteries des rois de France (par Vannel. *A
Cologne, chez Pierre Marteau, s. d.,* 3 vol. in-18,
front., titres gravés et fig., demi-rel. mar. grenat, dos
et coins, têtes dor., non rognés.
Légère différence dans la couleur du maroquin du tome II.

254. Les Amours du grand Alcandre, par Mlle de Guise,
suivies de pièces intéressantes pour servir à l'histoire
de Henri IV. *A Paris, de l'imprimerie de Didot l'aîné,*
1786, 2 vol. in-12, demi-rel. mar. rouge, dos et coins,
têtes dor., non rognés.

255. Histoire amoureuse des Gaules, par le comte de
Bussy-Rabutin. *S. l. (Paris),* 1754, 5 vol. in-12, titres
gravés, vélin blanc, non rognés.

256. Histoire amoureuse des Gaules, par le comte de
Bussy-Rabutin, suivie de la France galante, romans
satiriques du XVIIe siècle, attribués au comte de Bussy,
introduction et notes par Auguste Poitevin. *Paris,
Delahays,* 1857, 2 vol. in-12, demi-rel. mar. rouge,
dos et coins, têtes dor., non rognés.
Exemplaire en grand papier de Hollande.

257. Les Contes des fées, en prose et en vers, de Charles
Perrault, deuxième édition, revue et corrigée sur les
éditions originales, et précédée d'une lettre critique,
par Ch. Giraud. *Lyon, imprimerie Louis Perrin*, 1865,
in-8, portr. et fig., demi-rel. mar. rouge, dos et coins,
tête dor., non rogné.

258. Les Cent nouvelles nouvelles, dites les cent nouvelles
du roi Louis XI, nouvelle édition, revue sur l'édition
originale, avec des notes et une introduction par P.-L.
Jacob. *Paris, Delahays*, 1858, in-12, demi-rel. mar.
rouge, dos et coins, tête dor., non rogné.
Exemplaire en grand papier de Hollande.

259. Les dix dizaines des cent nouvelles nouvelles, avec
notice, notes et glossaire, par Paul Lacroix, dessins
gravés de Jules Garnier. *Paris, Jouaust*, 1874, 4 vol.
in-8, fig., demi-rel. mar. vert, têtes dor., non rognés.
Exemplaire en grand papier de Hollande, tiré de format in-8.

260. Le Cymbalum mundi, précédé des nouvelles récréa-
tions et joyeux devis de Bonaventure Des Periers,
nouvelle édition, revue et corrigée sur les éditions
originales, avec des notes et une notice, par P.-L.
Jacob. *Paris, Delahays*, 1858, in-12, demi-rel. mar.
rouge, dos et coins, tête dor., non rogné.
Exemplaire en grand papier de Hollande.

261. L'Heptameron des nouvelles de très haute et très
illustre princesse Marguerite d'Angoulême, reine de
Navarre, nouvelle édition publiée sur les manuscrits
par la Société des bibliophiles françois. *Paris, 1853,*

3 vol. in-8, portr. et fig., demi-rel. mar. rouge, dos et
coins, non rognés.

Bel exemplaire auquel on a ajouté la suite de 72 figures de Freudenberg, belles épreuves.

262. L'Heptameron des nouvelles de Marguerite d'Angoulême, royne de Navarre, nouvelle édition publiée
d'après le texte des manuscrits, avec des notes et une
notice, par P.-L. Jacob. *Paris, Delahays*, 1858, in-12,
demi-rel. mar. rouge, dos et coins, tête dor., non
rogné.

Exemplaire en grand papier de Hollande.

263. L'Heptameron des nouvelles de Marguerite d'Angoulême, reine de Navarre, publié sur les manuscrits par
les soins et avec les notes de MM. Le Roux de Lincy
et Anatole de Montaiglon. *Paris, A. Eudes*, 1880,
4 tomes en 8 vol., portr., front. et fig., d'après
Freudenberg, en triple état, vignettes et culs-de-
lampe, d'après *Duncker*, sur pap. de Chine, br.

Exemplaire sur papier Van Gelder.

264. LES CONTES ET DISCOURS D'EUTRAPEL, par Noel Du
Fail, seigneur de la Herissaye. *S. l. (Paris)*, 1732,
2 vol. — Discours d'aucuns propos rustiques, facé-
cieux et de singulière récréation, ou les ruses et
finesses de Ragot, capitaine de Gueux, par Léon
Ladulfi (Noel Du Fail). *S. l. (Paris)*, 1732.— Ensemble
3 vol. in-12, mar. rouge, fil., dos ornés, dent. intér.,
non rognés. (*Chambolle-Duru.*)

Bel exemplaire, rare en cette condition.

4. ROMANS ÉTRANGERS.

265. LE DECAMERON DE BOCCACE (traduit par Ant. Le Maçon). *Londres (Paris)*, 1757-1761, 5 vol. in-8, front., portr., fig. et culs-de-lampe, dessinés par *Gravelot, Cochin, Eisen* et *Boucher*, gravés par *Le Mire, Pasquier, Saint-Aubin*, etc., veau écaillé, fil., tr. dor.

266. LES DIX JOURNÉES DE JEAN BOCCACE, traduction de Le Maçon, avec notice, notes et glossaire, par M. Paul Lacroix, onze eaux-fortes par Flameng. *Paris, Jouaust*, 1873, 4 vol. in-8, demi-rel. mar. rouge, dos et coins, têtes dor., non rognés.

L'un des quinze exemplaires sur papier de Chine, tiré de format in-8.

267. Les facécieuses nuicts du seigneur Straparole (avec une préface de B. de La Monnoye et des notes du poète Lainez). *S. l. (Paris, Guérin)*, 1726, 2 vol. pet. in-12, mar. rouge jans., dent. intér., tr. dor. (*Niédrée.*)

268. HISTOIRE DE L'ADMIRABLE DON QUIXOTTE DE LA MANCHE (traduite de Michel de Cervantes, par Filleau de Saint-Martin). *Suivant la copie imprimée à Paris, chez Claude Barbin*, 1681, 4 vol. pet. in-12, front. et fig., mar. bleu, fil., dos ornés, dent. intér., tr. dor. (*Cuzin.*)

Charmante édition qui se joint à la collection des Elzeviers ; bel exemplaire, grand de marges, hauteur 129 millimètres.

269. Histoire de l'admirable Don Quichotte de la Manche, traduite de l'espagnol de Michel de Cervantes (par Filleau Saint-Martin). — Nouvelles de Michel de Cervantes Saavedra. *A Amsterdam, chez Arkstée et*

Merkus, 1768, 8 vol. in-12, portr., 8 fleurons et 43 figures dessinés par *Coypel* et *Folkema*, gravés par *Folkema* et *Focke*, demi-rel. mar. rouge, dos et coins, têtes dor., non rognés.

Bel exemplaire.

270. Le Don Quichotte ; traduit de l'espagnol de Michel de Cervantes, par H. Bouchon-Dubournial, nouvelle édition, revue, corrigée, ornée de douze gravures. *Paris, Mequignon-Marvis*, 1822, 4 vol. in-8, fig., demi-rel. mar. vert, dos et coins, non rognés.

Exemplaire en grand papier vélin, avec les figures en double état. AVANT LA LETTRE, et EAUX FORTES.

271. Aventures et espiègleries de Lazarille de Tormes (par Hurtado de Mendoza), écrites par lui-même, nouvelle édition, ornée de quarante figures, dessinées et gravées par N. Ransonnette. *A Paris, de l'imprimerie de Didot*, 1801, 2 vol. in-8, portr. et fig., demi-rel. mar. grenat, dos et coins, têtes dor., non rognés.

Bel exemplaire, avec les figures, épreuves AVANT LA LETTRE.

272. Le Diable boiteux, par monsieur Le Sage, nouvelle édition, corrigée et augmentée d'une journée des Parques, du même auteur, avec les entretiens sérieux et comiques des cheminées de Madrid et les béquilles du diable boiteux, enrichie de figures en taille douce. *A Paris, chez Damonneville*, 1756, 2 tomes en 1 vol. in-18, fig., mar. rouge, fil., coins et milieu dorés, dos orné, dent. intér., tr. dor.

273. A. R. Le Sage. Le diable boiteux, avec une préface

par H. Reynald, gravures à l'eau-forte par Ad. Lalauze.
Paris, *Jouaust*, 1880, 2 vol. in-8, fig., br.

Exemplaire en papier de Hollande, tiré de format in-8.

274. LA VIE ET LES AVENTURES DE ROBINSON CRUSOÉ (traduites
de l'anglais de Daniel de Foé). *Paris*, *de l'imprimerie
de Panckoucke*, an VIII, 3 vol. in-8, portr. et 18 figures
dessinées par *Stothart*, gravées par *Delvaux, Delignon,
Dupréel*, mar. vert, dent., dos ornés, tr. dor. (*Bozerian.*)

Bel exemplaire en papier vélin.

275. La Vie et les aventures de Robinson Crusoë, par
Daniel Defoe, traduction revue et corrigée, édition
ornée de 19 gravures de Delignon, d'après les dessins
de Stothart. *A Paris, chez Verdière*, an VIII, 3 vol. in-8,
demi-rel. veau bleu.

276. Voyages du capitaine Lemuel Gulliver, en divers
pays eloignez. *A La Haye, chez P. Gosse et J. Neaulme*,
1727, 3 tomes en 2 vol., portr. et fig. — Le nouveau
Gulliver, ou voyages de Jean Gulliver, fils du capitaine
Gulliver, traduit d'un manuscrit anglois, par M. l'abbé
D. F. (Des Fontaines). *A Amsterdam*, 1730, 2 tomes
en 1 vol. — Ensemble 5 tomes en 3 vol. in-12, portr.
et fig., mar. rouge, dent., dos ornés, tr. dor.

277. VOYAGES DE GULLIVER (par Swift) (traduit de
l'anglais par l'abbé Desfontaines). *A Paris, de l'imprimerie de Pierre Didot l'aîné*, an V, 1797, 4 parties en
2 vol. in-18, frontispice et 9 figures, dessinés par

Lefebvre, gravés par *Masquelier*, veau bleu, fil., tr. dor. (*Thouvenin.*)

L'un des cent exemplaires en grand papier, tiré de format in-12, avec les épreuves AVANT LA LETTRE.

278. CLARISSE HARLOWE, traduction nouvelle et seule complète, par M. Le Tourneur, faite sur l'édition originale, revue par Richardson, ornée de figures du célèbre Chodowiecki. *A Genève et à Paris, chez Moutard*, 1785, 10 vol. in-8, veau fauve, dent., dos ornés, tr. dor. (*Rel. anc.*)

Très bel exemplaire en grand papier de Hollande, avec les 21 figures dessinées et gravées par *Chodowiecki*, épreuves AVANT LA LETTRE.

279. Tom Jones, ou histoire d'un enfant trouvé, par Fielding, traduction nouvelle et complète, ornée de douze gravures en taille douce. *Paris, Firmin Didot*, 1833, 4 vol. in-8, fig. de *Moreau*, en double état, sur papier de Chine et sur pap. blanc, demi-rel. veau fauve, têtes dor., non rognés.

280. LES MILLE ET UNE NUITS, contes arabes, traduits en françois par Galland, nouvelle édition, revue sur les textes originaux et augmentée de plusieurs nouvelles et contes, traduits par M. Destains, précédée d'une notice par M. Ch. Nodier. *Paris, Galliot*, 1822, 6 vol. in-8, fig. sur pap. de Chine, épreuves AVANT LA LETTRE, demi-rel. mar. vert, têtes dor., non rognés.

Exemplaire en grand papier jésus vélin, auquel on a ajouté une suite de figures de *Marillier*.

5. FACÉTIES.

281. Les facéties de Pogge Florentin, traduites en français, avec le texte en regard. *Paris, I. Liseux*, 1878, 2 vol. in-18, br.

282. Les Bigarrures et touches du seigneur Des Accords (Estienne Tabourot), avec les apophtegmes du sieur Gaulard et les escraignes Dijonnoises, dernière édition. *A Paris, chez Ar. Cotinet*, 1662, 2 tomes en 1 vol. in-12, fig., mar. rouge, fil., dos orné, tr. dor. (*Rel. anc.*)

283. Le Moyen de parvenir, œuvre contenant la raison de ce qui a été, est et sera, par Beroalde de Verville, revu, corrigé et mis en meilleur ordre, accompagné de notices littéraires, par Paul-L. Jacob. *Paris, J. Techener*, 1841, 1 tome en 2 vol. veau fauve, fil., dos ornés.
Exemplaire en grand papier de Hollande.

284. Les Œuvres de Tabarin, avec les adventures du capitaine Rodomont, la farce des bossus et autres pièces tabariniques, nouvelle édition, préface et notes par Georges d'Harmouville. *Paris, Delahays*, 1858, in-12, demi-rel. mar. rouge, dos et coins, tête dor., non rogné.
Exemplaire en grand papier de Hollande.

285. Les quinze Joyes de mariage, nouvelle édition, conforme au manuscrit de la bibliothèque publique de Rouen, avec les variantes des anciennes éditions, une notice bibliographique et des notes. *A Paris, chez P.*

Jannet, 1853, in-12, mar. citron, fil., dos orné, dent.
intér., tr. dor. (*Trautz-Bauzonnet.*)
Exemplaire sur papier de Chine.

V. PHILOLOGIE

286. Lycée, ou cours de littérature ancienne et moderne,
par J.-F. La Harpe. *Paris*, *Firmin Didot*, 1821, 16 vol.
in-8, demi-rel. cuir de Russie, dos et coins, têtes dor.,
non rognés.
Exemplaire en grand papier vélin.

287. La manière de bien penser, dans les ouvrages
d'esprit, dialogues (par le Père Bouhours). *A Amsterdam, chez Abraham Wolfgang*, 1688, pet. in-12, mar.
brun jans., dent. intér., tr. dor. (*Petit.*)

288. Le Tribunal d'Apollon, ou jugement en dernier
ressort de tous les auteurs vivans; libelle injurieux,
partial et diffamatoire, par une société de pygmées
littéraires. *A Paris, chez Marchand*, an VII, 2 vol. in-18,
demi-rel. mar. vert, dos et coins, têtes dor., non
rognés.

289. Causeries du Lundi, par C.-A. Sainte-Beuve. *Paris,
Garnier*, 1857, 15 vol. — Nouveaux Lundis, par C.-A.
Sainte-Beuve. *Paris, Michel Lévy*, 1863, 10 vol. —
Portraits contemporains, par C.-A. Sainte-Beuve.
Paris, Didier, 1855, 3 vol. — Portraits de femmes,
par C.-A. Sainte-Beuve. *Paris, Garnier*, 1862, 1 vol.

— Portraits littéraires, par C.-A. Sainte-Beuve, *Paris,
Garnier*, 1862, 3 vol.—Ensemble 32 vol. in-12, demi-
rel. veau gris, têtes marbr., non rognés.

290. La Lorgnette littéraire, dictionnaire des grands et
des petits auteurs de mon temps, par M. Charles
Monselet. *Paris, Poulet-Malassis*, 1859, in-12, demi-
rel. mar. vert, dos et coins, tête dor., non rogné.

291. L'ELOGE DE LA FOLIE, traduit du latin d'Erasme, par
M. Gueudeville. Nouvelle édition, revue et corrigée
sur le texte de l'édition de Basle, ornée de nouvelles
figures, avec des notes (par Meunier de Querlou). *S. l.*
(*Paris*), 1751, in-4, frontispice, fleuron, 13 estampes et
vignettes dessinés par *Eisen*, et gravés par *de La Fosse,
Lemire, Tardieu*, etc., veau marbr., fil., tr. dor.

292. L'Introduction au traité de la conformité des merveilles anciennes avec les modernes, ou traité prépa-
ratif à l'apologie pour Hérodote, par Henri Estienne.
Sur les Hasles, 1607, pet. in-8, mar. rouge jans., dent.
intér., tr. dor. (*Capé.*)

293. APOLOGIE POUR HÉRODOTE, ou traité de la conformité
des merveilles anciennes avec les modernes, par Henri
Estienne, nouvelle édition, augmentée de tout ce que
les postérieures ont de curieux et de remarques par
M. Le Duchat. *A La Haye, chez Henri Scheurleer*,
1735, 2 tomes en 3 vol. in-12, front. et fleurons, mar.
rouge, fil., dos ornés, dent. intér., têtes dor., non
rognés. (*Capé.*)
   Bel exemplaire.

294. Le Livre des proverbes français, précédé de recherches historiques sur les proverbes français, par M. Le Roux de Lincy, *Paris, Delahays*, 1859, 2 vol. in-12, demi-rel. mar. rouge, dos et coins, têtes dor., non rognés.

Exemplaire en grand papier de Hollande.

VI. EPISTOLAIRES

295. Lettres de madame de Sévigné, de sa famille et de ses amis, avec portraits, vues et fac-simile. *Paris, J.-J. Blaise*, 1818, 10 vol. — Mémoires de M. de Coulanges, suivis de lettres inédites de madame de Sévigné, publiés par M. de Monmerqué. *Paris, J.-J. Blaise*, 1820. — Ensemble 11 vol. in-8, portr. et fig., demi-rel. mar. vert, dos et coins, têtes dor., non rognés.

296. Lettres de madame de Sévigné, de sa famille et de ses amis, édition ornée de vingt-cinq portraits dessinés par Devéria, précédée d'une nouvelle notice biographique sur madame de Sévigné, et accompagnée de notes historiques, politiques et critiques, par M. Gault de Saint-Germain. A *Paris, chez Dalibon*, 1823, 12 vol in-8, fig., demi-rel. mar. grenat, dos et coins, non rognés. (*Bibolet.*)

Bel exemplaire en grand papier jésus vélin, avec la suite des figures en double état, AVANT LA LETTRE sur chine et EAUX-FORTES.

297. LETTRES DE MADAME DE SÉVIGNÉ, de sa famille et de
ses amis, recueillies et annotées par M. Monmerqué,
nouvelle édition, revue et augmentée de lettres inédites,
d'une nouvelle notice, d'un lexique des mots et locutions remarquables, de portraits, vues et fac-simile, etc.
Paris, Hachette, 1862-1865, 14 vol. in-8 br.
> De la collection des grands écrivains, exemplaire en grand papier
> de Hollande.

298. Mémoires touchant la vie et les écrits de Marie de
Rabutin-Chantal, dame de Bourbilly, marquise de Sévigné, durant la régence et la fronde, suivis de notes et
d'éclaircissements par M. le baron de Walckenaer.
Paris, Firmin Didot, 1856, 6 vol. in-12, demi-rel. mar.
bleu, têtes dor., non rognés.

299. Lettres de la marquise Du Deffand à Horace Walpole, auxquelles sont jointes les lettres de madame Du
Deffand à Voltaire, publiées d'après les originaux dépo-
sés à Strawberry-Hill. *Paris, Treuttel*, 1812, 4 vol. in-8,
portr., demi-rel. veau fauve, non rognés.

300. Correspondance complète de la marquise Du Deffand,
avec ses amis, le président Henault, Montesquieu,
D'Alembert, Voltaire, Horace Walpole, publiée par
M. de Lescure. *Paris, Plon*, 1865, 2 vol., portr. —
Correspondance complète de Mme Du Deffand avec la
duchesse de Choiseul, l'abbé Barthélemy et M. Craufurt,
publiée par M. le Mis de Sainte-Aulaire. *Paris, Michel
Lévy*, 1866, 3 vol. in-8. — Ensemble 5 vol. in-8, demi-
rel. chag. vert, non rognés.

301. Correspondance de M. de Rémusat, pendant les

premières années de la Restauration, publiée par son
fils, Paul de Rémusat. *Paris, C. Lévy*, 1883, 2 vol.
in-8 br.

L'un des vingt exemplaires en grand papier de Hollande.

302. Correspondance de P.-J. Proudhon. *Paris, Lacroix*,
1874, 14 vol. in-8 br.

L'un des douze exemplaires sur grand papier de Hollande.

VII. POLYGRAPHIES

1. POLYGRAPHES GRECS ET LATINS

303. ŒUVRES DE PLUTARQUE, traduites du grec par
Jacques Amyot, avec des notes et des observations de
M. l'abbé Brotier. *A Paris, chez Jean-Baptiste Cussac*,
1783-1787, 22 vol. in-4, 22 figures dessinées par *Borel,
Le Barbier, Marillier, Monnet, Moreau*, etc., épreuves
avant la lettre, mar. rouge, fil., dent. intér., tr. dor.
(*Derome, avec son étiquette.*)

Superbe exemplaire de toute fraîcheur en grand papier, tiré de
format in-4.
De la bibliothèque de M. Eug. Paillet.

304. Les Vies des hommes illustres de Plutarque, traduites du grec par Amyot, avec des notes et des observations par MM. Brotier, Vauvilliers et Clavier. *A Paris,
chez Janet et Cotelle*, 1818, 25 vol. in-8, portr. et fig.,
demi-rel. cuir de Russie, dos et coins, têtes dor., non
rognés. (*Purgold.*)

Très bel exemplaire en papier vélin, auquel on a ajouté la suite de

22 figures dessinées par *Borel, Le Barbier, Marchand, Marillier, Monnet, Moreau,* etc., épreuves AVANT LA LETTRE, et une suite de portraits en médaillon, par Garneray.

305. LUCIEN, de la traduction de N. Perrot, S^r L'Ablancourt. *A Amsterdam, chez R. et G. Wetstein,* 1712, 2 vol. in-12, front. gravé, fig., mar. vert, dent., dos ornés, doublés de tabis, tr. dor. (*Derome.*)

Charmant exemplaire de Renouard portant son nom doré sur le plat de la reliure.

306. BIBLIOTHÈQUE LATINE-FRANÇAISE, publiée par C.-L.-F. Panckoucke. *Paris, Panckoucke,* 1828-1849, 1re série, 178 vol. et atlas : 2e série, 32 vol. Paléographie et iconographie des classiques latins, 2 atlas in-4.—Ensemble 210 vol. in-8 et 3 atlas, demi-rel. veau fauve, têtes dor., non rognés.

Bel exemplaire en papier vélin.

307. ŒUVRES COMPLÈTES DE M. T. CICÉRON, traduites en français, avec le texte en regard, édition publiée par Jos.-Vict. Le Clerc. *A Paris, chez Lefèvre,* 1825, 30 vol. in-8, portr., demi-rel. mar. vert, non rognés. (*Simier.*)

Bel exemplaire en grand papier jésus vélin.

2. POLYGRAPHES FRANÇAIS ET ÉTRANGERS — COLLECTIONS

308. ŒUVRES DE J.-LOUIS GUEZ DE BALZAC. *A Amsterdam et à Leyde, chez les Elzeviers,* 1656-1664, 7 vol. pet. in-12, mar. bleu jans., dent. intér., tr. dor. (*Au chiffre de M. Jouvin.*)

Contenant : Lettres choisies, 1656. — Lettres familières de M. de Balzac à M. Chapelain, 1661. — Socrate chrétien, 1662. — Les Entre-

tiens, 1663. — Les Œuvres diverses, 1664. — Aristippe ou de la cour,
1664. — Lettres de feu M. de Balzac à M. Conrart.
Hauteur 128 à 130 millimètres. Le Socrate chrétien est relié en veau
fauve par *Thouvenin*.

309. ŒUVRES DE MONSIEUR SCARRON. Nouvelle édition,
revue, corrigée et augmentée de l'histoire de sa vie et
de ses ouvrages, d'un discours sur le style burlesque
et de quantité de pièces. *A Amsterdam, chez J. Wetstein*,
1752, 7 vol. pet. in-12, portr. et fig., mar. rouge, fil.,
dos ornés, dent. intér., têtes dor., non rognés.
(*Koehler.*)

310. ŒUVRES DE MONSIEUR SCARRON. Nouvelle édition,
revue, corrigée et augmentée de l'histoire de sa vie et
de ses ouvrages, d'un discours sur le style burlesque et
de quantité de pièces. *A Amsterdam, chez J. Wetstein*,
1752, 7 vol. pet. in-12, portr. et fig., mar. bleu, fil.,
dos ornés, dent. intér., tr. dor.

311. ŒUVRES DE BLAISE PASCAL, nouvelle édition.
A Paris, chez Lefèvre, 1819, 5 vol. in-8, portr. AVANT
LA LETTRE, demi-rel. mar. rouge, non rognés.
Exemplaire en grand papier jésus vélin.

312. ŒUVRES DE LA FONTAINE, nouvelle édition,
revue, mise en ordre, et accompagnée de notes, par
C.-A. Walckenaer. *A Paris, chez Lefèvre*, 1822, 6 vol.
in-8, portr. et 25 figures dessinées par *Moreau*, mar.
bleu, dent. et fers à froid, dos ornés, tr. dor. (*Simier.*)
Bel exemplaire en grand papier jésus vélin, avec les figures AVANT
LA LETTRE.

313. Histoire de la vie et des ouvrages de J. de La Fon-

taine, par C.-A. Walckenaer. *A Paris, chez Nepveu*, 1824, in-8, portr., br.

> Exemplaire en grand papier jésus vélin.

314. Œuvres de La Fontaine, nouvelle édition, revue, mise en ordre et accompagnée de notes par C.-A. Walckenaer. *A Paris, chez Lefèvre*, 1827, 6 vol. in-8, portr. et fig., demi-rel. veau vert, têtes dor., non rognés. (*Niédrée.*)

> De la collection des classiques françois, on y a ajouté la suite des figures dessinées par *Tony Johannot*, épreuves sur papier de Chine.

315. Œuvres complètes de La Fontaine, nouvelle édition, très soigneusement revue sur les textes originaux, par M. Louis Moland. *Paris, Garnier*, 1872, 7 vol. in-8, portr. et fig., br.

> Exemplaire en grand papier de Hollande.

316. Œuvres complètes de Bossuet, revues sur les manuscrits originaux et les éditions les plus complètes. *A Versailles, de l'imprimerie de Lebel*, 1815, 43 vol. — Histoire de France, composée par Mgr le Dauphin, fils de Louis XIV, d'après les leçons de Bossuet. *A Versailles, de l'imprimerie de Lebel*, 1821, 3 vol. — Histoire de J.-B. Bossuet, composée sur les manuscrits originaux, par M. L.-F. de Bausset. *A Versailles, de l'imprimerie de Lebel*, 1814, 4 vol. — Ensemble 50 vol. in-8, portr., veau marbr., fil.

317. Œuvres complètes de Bossuet, publiées d'après les imprimés et les manuscrits originaux, purgées des interpolations et rendues à leur intégrité par F. Lachat.

Paris, Vivès, 1862, 30 vol. in-8, portr., demi-rel. veau
fauve, têtes dor., non rognés.

318. Œuvres mêlées de Saint-Evremont, revues, annotées et précédées d'une histoire de la vie et des ouvrages
de l'auteur, par Charles Giraud. *Paris, L. Techener,*
1865, 3 vol. in-12, demi-rel. mar. rouge, dos et coins,
têtes dor., non rognés.

319. Œuvres de Fénelon, publiées d'après les manuscrits
originaux et les éditions les plus correctes, avec un
grand nombre de pièces inédites. *A Versailles, de l'imprimerie de Lebel,* 1820, 24 vol. — Correspondance de
Fénelon, publiée pour la première fois sur les manuscrits originaux et la plupart inédits. *Paris, A. Le
Clerc,* 1827, 11 vol. — Histoire de Fénelon, composée
sur les manuscrits originaux, par M. L.-F. de Bausset.
A Versailles, de l'imprimerie de Lebel, 1817, 4 vol. —
Ensemble 39 vol. in-8, portr., demi-rel. veau fauve,
non rognés.

320. Œuvres du comte Antoine Hamilton. *Paris, chez
Ant.-Aug. Renouard,* 1812, 3 vol. in-8, portr., demi-
rel. chag. rouge, têtes dor., non rognés.

321. Œuvres de monsieur Houdar de La Motte. *A Paris,
chez Prault,* 1753, 10 tomes en 11 vol. in-8, veau jasp.,
fil., tr. dor.
Bel exemplaire en grand papier de Hollande.

322. ŒUVRES CHOISIES DE LE SAGE et de l'abbé
Prevost. *A Amsterdam et à Paris, rue et hôtel Serpente,*
1783, 56 vol. in-8, portr. et 109 figures dessinées par

Marillier, veau fauve, dent., dos ornés, tr. dor. (*Boze-rian.*)

Superbes exemplaires en grand papier de Hollande, très beaux d'épreuves. On y a ajouté : *Les airs notés du théâtre de la foire* et *les nouvelles Aventures de Don Quichotte*, 2 vol.

323. ŒUVRES DE MONTESQUIEU, ses éloges, par D'Alembert et M. Villemain, les notes d'Helvetius, de Condorcet et de Voltaire, suivies du commentaire sur l'Esprit des lois, par M. le comte Destutt de Tracy. *Paris, Dalibon*, 1822, 8 vol. in-8, portr. en double état. demi-rel. mar. bleu, non rognés.

Exemplaire en grand papier vélin.

324. ŒUVRES COMPLÈTES DE MONTESQUIEU, avec les variantes des premières éditions, un choix des meilleurs commentaires, et des notes nouvelles par Edouard Laboulaye. *Paris, Garnier*, 1875, 7 vol. in-8, portr., br.

Exemplaire en grand papier de Hollande.

325. ŒUVRES COMPLÈTES DE DUCLOS. *A Paris, chez Ant.-Aug. Renouard*, 1806, 10 vol. in-8, port., mar. rouge, fil., dos ornés, tr. dor. (*Courteval.*)

326. ŒUVRES complettes de M. de Marivaux. *A Paris, chez la veuve Duchesne*, 1781, 12 vol. in-8, portr. gr. par *Ingouf*, demi-rel. mar. rouge, non rognés.

327. ŒUVRES COMPLETTES DE M. DE SAINT-FOIX. *A Paris, chez la veuve Duchesne*, 1778, 6 vol. in-8, portr. gr. par *Marillier* et *Le Mire*, fig. de Marillier, demi-rel. mar. vert, non rognés.

L'un des rares exemplaires en papier de Hollande. L'on a ajouté au tome 3, 23 vues de Paris.

328. ŒUVRES COMPLÈTES DE VOLTAIRE (avec les
notes de MM. Renouard, Clogenson et autres). *A Paris,
chez Ant.-Aug. Renouard*, 1819-1825, 66 vol. in-8,
113 figures dessinées par *Moreau*, et 47 portraits par
Saint-Aubin, veau rouge, dent. et fers à froid, dos
ornés, tr. dor.

> Très bel exemplaire en grand papier, avec les épreuves AVANT LA
> LETTRE, sur papier de Chine.

329. ŒUVRES COMPLÈTES DE VOLTAIRE, avec des notes,
préfaces et avertissements, par M. Beuchot. *A Paris,
chez Lefèvre (imprimerie de Firmin-Didot)*, 1829-1834,
70 vol. — Tables alphabétique et analytique des ma-
tières, par Miger. *Paris, Beuchot*, 1840, 2 vol. —
Ensemble 72 vol. in-8 br.

> Exemplaire en papier cavalier vélin.

330. ŒUVRES DE J.-J. ROUSSEAU, avec des notes
historiques (par Petitain). *A Paris, chez Lefèvre*, 1819-
1820, 22 vol. in-8, portr. et fig., demi-rel. mar. rouge,
dos et coins, non rognés. (*Simier.*)

> Très bel exemplaire en grand papier jésus vélin, contenant : la suite
> d'un portrait gravé par *Leroux* et 18 figures dessinées par *Desenne*,
> épreuves en double état, AVANT LA LETTRE et EAUX-FORTES, la suite
> de 64 figures dessinées par *Moreau* et *Dupréel*, épreuves AVANT LES
> CADRES, et le portrait gravé par *Ficquet*, d'après Latour.

331. Œuvres de Condillac, revues, corrigées par l'auteur,
imprimées sur ses manuscrits autographes, et augmentées de la langue des calculs, ouvrage posthume. *A
Paris, de l'imprimerie de Ch. Houel*, 1798, 23 vol. in-8,
portr., demi-rel. mar. rouge, dos et coins, non rognés.

> Exemplaire en grand papier vélin.

332. ŒUVRES DE DENIS DIDEROT. *Paris, chez J. Brière,* 1821, 22 vol. in-8, portr., demi-rel., mar. rouge, non rognés.

Exemplaire en grand papier vélin.

333. Mémoires, correspondance et ouvrages inédits de Diderot, publiés d'après les manuscrits confiés, en mourant, par l'auteur à Grimm. *Paris, Paulin,* 1834, 4 vol. in-8, demi-rel. veau fauve, dos et coins, têtes dor., non rognés.

334. Œuvres de Rulhière et œuvres posthumes. *Paris, Ménard et Desenne,* 1819, 6 vol. in-8, portr., demi-rel. mar. vert, non rognés. *(Thouvenin.)*

335. Œuvres complètes de Chamfort, recueillies et publiées, avec une notice historique sur la vie et les écrits de l'auteur, par P. R. Auguis. *Paris, Chaumerot,* 1824, 5 vol. in-8, demi-rel. veau fauve, dos et coins, têtes dor., non rognés.

336. ŒUVRES DE M. DE FLORIAN. *A Paris, de l'imprimerie de F. Dufart,* 1784-1802, 13 vol. in-8, portr. et fig., veau fauve, fil., tr. dor. (*Rel. anc.*)

Exemplaire en papier vélin, contenant : 2 portraits, 2 frontispices et 108 figures dessinés par *Dupréel, Le Barbier, Flouest, Quererdo, Monsiau* et *Lefebvre.*

337. ŒUVRES COMPLÈTES DE FLORIAN, nouvelle édition ornée de deux portraits et de quatre-vingts gravures d'après Desenne. *Paris, Ladrange et Furne,* 1829, 16 vol. in-12, fig. demi-rel. veau fauve, non rognés. (*Capé.*)

Exemplaire en papier vélin, figures AVANT LA LETTRE.

338. Œuvres complètes de Pierre-Augustin Caron de Beaumarchais. *A Paris, chez L. Collin*, 1809, 7 vol. in-8, portr. et fig. au trait, demi-rel. veau vert, non rognés.

Exemplaire en papier vélin, portrait et figures, épreuves AVANT LA LETTRE.

339. Œuvres complètes de Rivarol, précédées d'une notice sur sa vie, ornées du portrait de l'auteur. *A Paris, chez L. Collin*, 1808, 5 vol. in-8, portr., veau quadrillé, dos ornés. (*Thouvenin.*)

340. Œuvres complètes de Jacques-Henri-Bernardin de Saint-Pierre, mises en ordre et précédées de la vie de l'auteur, par L. Aimé Martin. *Paris, Mequignon*, 1818, 12 vol. in-8, portr. et fig., demi-rel. veau vert, non rognés.

Exemplaire en papier vélin, avec la suite de figures, épreuves AVANT LA LETTRE ; l'on a ajouté au Paul et Virginie la suite de 4 figures dessinée par *Moreau* et *J. Vernet*, ÉPREUVES AVANT LA LETTRE, de format in-8.

341. Œuvres complètes de Mme la baronne de Staël, publiées par son fils, précédées d'une notice sur le caractère et les écrits de Mme de Staël, par Mme Necker de Saussure. *A Paris, chez Treuttel et Wurtz*, 1820, 17 vol. in-8, portr., mar. rouge, fil. et fers à froid, dos orné, tr. dor.

Bel exemplaire en papier vélin, contenant 2 lettres autographes de Mme de Staël.

342. Œuvres complètes de P.-L. Courier, nouvelle édition augmentée d'un grand nombre de morceaux inédits, précédée d'un essai sur la vie et les écrits de l'auteur, par Armand Carrel. *Paris, Paulin*, 1834. 4

vol. in-8, demi-rel. mar rouge, dos et coins, tête dor.,
non rognés.

343. Œuvres de François-Guillaume-Jean-Stanislas
Andrieux, membre de l'Académie française. *A Paris,
Nepveu*, 1822, 6 vol. in-18, portr., demi-rel. mar.
rouge, dos et coins, tête dor., non rognés.

Exemplaire en papier vélin.

344. Œuvres complètes de M. le vicomte de Chateaubriand. *Paris, Pourrat*, 1837, 36 vol. in-8, fig., demi-
rel. veau, non rognés.

345. Œuvres choisies de Charles Nodier. *Paris, Charpentier*, 1850-1865, 8 vol. in-12, demi-rel. mar. bleu,
têtes dor., non rognés.

346. Œuvres complètes d'Alfred de Musset, avec lettres
inédites, variantes, notes, index, fac-simile, notice
biographique par son frère, édition ornée de 28 dessins de Bida et d'un portrait d'Alfred de Musset, gravés sous la direction de Henriquel-Dupont. *Paris,
Charpentier*, 1866, 10 vol. gr. in-8, fig., brochés.

Exemplaire en grand papier de Hollande.

347. Œuvres complètes de Lamartine, publiées et inédites. *Paris, chez l'auteur*, 1862, 41 vol. — Histoire
de la Révolution de 1848. *Paris, Perrotin*, 1852, 2 vol.
— Cours familier de littérature. *Paris, chez l'auteur*,
1856-1867, 24 vol. — Ensemble, 67 vol. in-8, demi-
rel. mar. vert, têtes dor., non rognés.

La Révolution de 1848 et le Cours familier de littérature sont en
demi-rel. mar. grenat, dos et coins, têtes dor., non rognés.

348. Œuvres complètes de Mme Émile de Girardin, née Delphine Gay, portrait par Chasseriau, gravé sur acier par Flameng *Paris*, *H. Plon*, 1861, 6 vol. in-8, portr., demi-rel. veau fauve, non rognés.

349. Mémoires et mélanges historiques et littéraires, par le prince de Ligne, ornés de son portrait et d'un fac-simile de son écriture. *Paris*, *A. Dupont*, 1827, 5 vol. in-8, portr., demi-rel. veau gris, têtes dor., non rognés.

350. Œuvres diverses de Jules Janin, publiées sous la direction de M. Albert de la Fizelière, 15 vol. — Horace, 2 vol. — Debureau, histoire du théâtre à quatre sous. — *Paris*, *Jouaust*, 1875-1881, 18 vol. in-12, eaux fortes, demi-rel. chag. vert, dos et coins, têtes dor., non rognés.

Les tomes 13 à 18 sont brochés.

351. Œuvres complètes de P.-J. Proudhon. *Paris*, *Lacroix*, 1867, 30 vol. in-12, demi-rel. chag. bleu, têtes dor., non rognés.

La Pornocratie est en grand papier de Hollande, br., et contient un portr. de Proudhon, à l'eau forte, par *H. Lefort*.

352. Œuvres de Schiller, traduction nouvelle par Ad. Regnier. *Paris*, *Hachette*, 1859, 8 vol. in-8, portr., br.

Exemplaire en grand papier de Hollande.

353. Œuvres de Gœthe, traduction nouvelle, par Jacques Porchat. *Paris*, *Hachette*, 1861, 10 tomes en 11 vol. br.

Exemplaire en grand papier de Hollande.

354. Revue rétrospective ou bibliothèque historique, contenant des mémoires et documens authentiques

inédits et originaux, pour servir à l'histoire proprement dite, à la biographie, à l'histoire de la littérature et des arts. *Paris, H. Fournier*, 1833-1838, 20 vol. in-8, cart., non rognés.

Bel exemplaire d'un ouvrage très rare.

HISTOIRE

I. GÉOGRAPHIE — VOYAGES — CHRONOLOGIE

355. Philosophie de l'histoire de l'humanité, par J.-G. Herder, traduction de l'allemand, par Émile Tandel. *Paris, Lacroix*, 1874, 3 vol. in-8 br.
   Exemplaire en grand papier de Hollande.

356. Grand dictionnaire de géographie universelle ancienne et moderne, ou description de toutes les parties du monde, par M. Bescherelle aîné. *Paris, Courcier*, s. d. 2 vol. in-4, demi-rel. chag. brun, dos et coins, non rognés.

357. Voyage du chevalier Des Marchais en Guinée, isles voisines et à Cayenne, fait en 1725, 1726 et 1727, par le R. Père Labat. *A Amsterdam, aux dépens de la Compagnie*, 1731, 4 vol. in-12, nomb. fig., demi-rel. mar. vert, dos et coins, têtes dor., non rognés.

358. Voyages de M. P. S. Pallas, en différentes provinces de l'empire de Russie et dans l'Asie septentrionale, traduits de l'allemand, par M. Gauthier de la Peyronie. *A Paris, chez Lagrange*, 1788, 5 vol. in-4, fig. et cartes, mar. rouge, fil., doublés de tabis, tr. dor. (*Bozerian*.)

359. Nouvelle relation de l'Afrique occidentale contenant
une description exacte du Sénégal et des païs situés
entre le cap Blanc et la rivière de Serrelionne, jusqu'à
plus de 300 lieues en avant dans les terres, par le Père
Jean-Baptiste Labat. *A Paris, chez Guillaume Cavelier,*
1728, 5 vol. in-12, cartes, plans et figures, demi-rel.
mar. vert, dos et coins, têtes dor., non rognés.

360. Art de vérifier les dates des faits historiques, des
chartes, des chroniques, depuis le commencement du
monde jusqu'à nos jours, par les religieux bénédictins
de Saint-Maur et continué par une Société de gens de
lettres. *Paris,* 1818-1844, 44 tomes en 42 vol. in-8,
demi-rel. bas., non rognés.

II. HISTOIRE UNIVERSELLE

HISTOIRE DES RELIGIONS

361. Histoire universelle, par César Cantu, traduite par
Eugène Aroux et Piersilvestro Leopardi, troisième
édition entièrement revue par M. Lacombe. *Paris,
Firmin-Didot,* 1867, 20 vol. in-8, demi-rel. mar.
violet, dos et coins, têtes rouges, non rognés.
   Le tome 20 est broché.

362. LETTRES ÉDIFIANTES ET CURIEUSES, écrites des mis-
sions étrangères, par quelques missionnaires de la
Compagnie de Jésus. *A Paris, chez les frères Guérin,*

1749, 2 vol. in-12, mar. rouge, fil., dos ornés, gardes de pap. doré, tr. dor.

27° et 28° recueils, aux armes de la reine Marie Leczinska.

363. Histoire des souverains pontifes romains, par M. le chevalier Artaud de Montor. *Paris, Firmin-Didot*, 1847, 8 vol. in-8, demi-rel. chag. vert, têtes dor., non rognés.

Exemplaire imprimé sur papier jaune.

364. La Morale des Jésuites, extraite fidellement de leurs livres, imprimez avec la permission et l'approbation des supérieurs de leur Compagnie, par un docteur de Sorbonne (Nicolas Perrault). *A. Mons, chez la veuve Waudret*, 1702, 3 vol. in-12, demi-rel. veau gris.

Bel exemplaire.

III. HISTOIRE ANCIENNE

HISTOIRE DES JUIFS — HISTOIRE GRECQUE — HISTOIRE ROMAINE

365. HISTOIRE DES JUIFS écrite par Flavius Joseph, sous le titre de Antiquitez judaïques, traduite sur l'original grec, pa. M. Arnauld D'Andilly (avec l'histoire de la guerre des Juifs contre les Romains par le même). *A Paris, chez Louis Roulland*, 1696, 5 vol. in-12, mar. rouge, doublés de mar. vert, dent., tr. dor.

Très bel exemplaire dans une superbe reliure ancienne.
De la bibliothèque du marquis de Coislin.

366. Histoire des Juifs écrite par Flavius Joseph, sous
le titre de Antiquitez judaïques, traduites du grec par
Arnauld d'Andilly (avec l'histoire de la guerre des
Juifs contre les Romains, par le même). *A Bruxelles,
chez E. Henry Fricx*, 1701-1703, 5 vol. pet. in-8,
front. et fig. sur cuivre, mar. rouge jans., dent. intér.,
tr. dor. (*Duru.*)

367. Pausanias, ou voyage historique de la Grèce, traduit en françois avec des remarques par M. l'abbé
Gedoyn. *A Amsterdam, aux dépens de la Compagnie*,
1733, 4 vol. in-12, cartes, mar. rouge, dent., doublés
de tabis, tr. dor. (*Bozerian.*)

368. Histoire d'Hérodote, traduite du grec, avec des
remarques historiques et critiques, un essai sur la
chronologie d'Hérodote et une table géographique
(par Larcher). *A Paris, chez G. de Bure*, 1802, 9 vol.
in-4, demi-rel. veau fauve.

Exemplair en grand papier de Hollande tiré de format in-4.

369. Histoire de la guerre du Péloponnèse, par Thucy-
dide, traduction française, avec le texte en regard, par
Amb. Firmin-Didot. *Paris, Firmin-Didot*, 1833, 4 vol.
in-8, br.

370. Histoire universelle de Diodore de Sicile, traduite
en françois avec des notes, par monsieur l'abbé
Terrasson. *A Paris, chez de Bure*, 1758, 7 vol. in-12,
mar. rouge, fil., dos ornés, tr. dor. (*Rel. anc.*)

371. Bibliothèque historique de Diodore de Sicile, tra-

duite du grec par A. F. Miot. *Paris, Imprimerie
Royale*, 1834, 7 vol. in-8, demi-rel. mar. vert, dos et
coins, têtes dor., non rognés. (*Koehler.*)

372. Voyage d'Anacharsis en Grèce, vers le milieu du
quatrième siècle avant l'ère vulgaire, par J.-J. Barthélemy. *A Paris, chez Lequien*, 1822, 7 vol. in-8 et atlas
in-4, portr., demi-rel. mar. vert, dos et coins, têtes
dor., non rognés.

> Exemplaire en grand papier jésus vélin.

373. La guerre de Jules César dans les Gaules (traduction de Perrot d'Ablancourt, retouchée par De Wailly,
avec des notes militaires par de Pécis). *A Parme, de
l'Imprimerie Royale (Bodoni)*, 1786, 3 vol. in-8, mar.
rouge, comp. de fil., dos ornés, doublés de tabis, tr.
dor. (*Rel. anc.*)

374. Histoire romaine de Dion Cassius, traduite en français, avec des notes critiques, historiques, etc., et le
texte en regard, par E. Gros et V. Boissée. *Paris,
Firmin-Didot*, 1845-1870, 10 vol. in-8, br.

375. Histoire de la décadence et de la chute de l'empire
romain, traduite de l'anglais d'Edouard Gibbon, nouvelle édition, revue et corrigée par M. F. Guizot.
Paris, Ledentu, 1828, 13 vol. in-8, demi-rel. veau
rouge, dos et coins, non rognés.

IV. HISTOIRE MODERNE

HISTOIRE DE FRANCE

A. *Histoire générale. — Collections.*

376. Histoire des croisades, par Michaud, nouvelle édition augmentée d'un appendice par M. Huillard-Bréholles. *Paris, Furne*, 1854, 4 vol. in-8, fig., demi-rel. chag. vert, têtes dor., non rognés.

377. Annuaire historique, ou histoire politique et littéraire pour les années 1818 à 1855, par C.-L. Lesur. *Paris*, 1819-1856, 38 vol. in-8, demi-rel. mar. vert, non rognés.

378. Histoire des Français des divers états aux cinq derniers siècles, par Amans-Alexis Monteil. *Paris, Coquebert*, 1841, 10 vol. in-8, demi-rel. chag. bleu, têtes dor., non rognés.

379. Les grandes chroniques de France, selon qu'elles sont conservées en l'église de Saint-Denis en France, publiées par M. Paulin-Paris. *Paris, Techener*, 1836, 6 vol., pet. in-8, demi-rel. chag. vert, non rognés.

380. ABRÉGÉ CHRONOLOGIQUE DE L'HISTOIRE DE FRANCE, par le Sr de Mezeray. *A Amsterdam, chez Abraham Wolfgang*, 1673, 6 vol. — Histoire de France avant Clovis, l'origine des Français et leur établissement dans les Gaules par le Sr de Mezerai. A

Amsterdam, chez Abraham Wolfgang, 1688. — Ensemble, 7 vol. in-12, front. et portr., mar. rouge, fil. à la Du Seuil, dos fleurdelisés, dent. intér., tr. dor. (*Thibaron-Joly.*)

Bel exemplaire de cette jolie édition qui se joint à la collection des Elzeviers.

381. HISTOIRE DES FRANÇAIS, par J.-C.-L. Simonde de Sismondi. *A Paris, chez Treuttel et Würtz*, 1821-1844, 31 vol. in-8, portr., veau fauve, fil., têtes dor., non rognés. (*Niédrée.*)

Très bel exemplaire en papier vélin; sur les plats, les initiales J. L. entrelacées dans un cartouche.

·382. HISTOIRE DE FRANCE, par J. Michelet. *Paris, Lacroix*, s. d., 17 vol. in-8 br.

L'un des cinquante-cinq exemplaires en grand papier de Hollande.

383. Collection des Mémoires relatifs à l'histoire de France, depuis la fondation de la monarchie française jusqu'au treizième siècle, avec une introduction, des suppléments, des notices et des notes par M. Guizot. *A Paris, chez Brière*, 1823, 31 vol. in-8, demi-rel. mar. violet, dos et coins, têtes dor., non rognés.

384. Collection des Chroniques nationales françaises écrites en langue vulgaire du treizième au seizième siècle, avec notes et éclaircissements par J.-A. Buchon. *Paris, Verdière*, 1826, 47 vol. in-8, demi-rel. veau fauve, dos et coins, non rognés.

385. Collection complète des Mémoires relatifs à l'histoire de France, depuis le règne de Philippe-Auguste jusqu'au commencement du dix-septième siècle, avec

des notices sur chaque auteur et des observations sur
chaque ouvrage, par MM. Petitot et Moumerqué.
Paris, Foucault, 1824, 131 vol. in-8, demi-cart. toile,
non rognés.

386. Collection des meilleures dissertations, notices et
traités particuliers relatifs à l'histoire de France,
composée en grande partie de pièces rares ou qui
n'ont jamais été publiées séparément, par C. Leber.
Paris, Dentu, 1838, 20 vol. in-8, demi-rel. toile, non
rognés.

387. Archives curieuses de l'histoire de France depuis
Louis XI jusqu'à Louis XVIII, ou collection de pièces
rares et intéressantes, publiées par MM. L. Cimber et
F. Danjou. *Paris*, 1834, 27 vol. in-8, demi-rel. bas.,
non rognés.

B. Histoire particulière sous chaque règne, jusqu'à Louis XVI.

388. Chronique des quatre derniers Valois (1327-1393),
publiée pour la première fois, pour la Société de l'histoire de France, par M. Siméon Luce. *Paris, J.
Renouard*, 1862, in-8 br.

389. Chronique de la Pucelle, ou chronique de Coussi-
not, suivie de la chronique normande de P. Cochon,
relatives aux règnes de Charles VI et de Charles VII,
avec notices, notes et développements, par M. Vallet
de Viriville. *Paris, Delahays*, 1859, in-12, demi-rel.
mar. rouge, dos et coins, tête dor., non rogné.
Exemplaire en grand papier de Hollande.

390. Histoire des règnes de Charles VII et de Louis XI, par Thomas Basin, jusqu'ici attribuée à Amelgard, publiée pour la Société de l'histoire de France par J. Quicherat. *Paris, J. Renouard*, 1855, 4 vol. in-8 br.

391. Les Mémoires de messire Philippe de Commines, sieur d'Argenton. *A Leide, chez les Elzeviers*, 1648, pet. in-12, titre gravé, mar. rouge jans., dent. intér., tr. dor. (*Niédrée.*)

Hauteur, 127 millimètres.

392. Histoire de l'estat de France, tant de la République que de la religion sous le règne de François II par Regnier, sieur de La Planche, publiée par M. Ed. Mennechet. *Paris, Techener*, 1836, 2 vol. pet. in-8, fig., veau fauve, fil., tr. dor. (*Simier.*)

393. Mémoires pour servir à l'histoire de France (par Pierre de l'Estoile), contenant ce qui s'est passé de plus remarquable dans ce roiaume, depuis 1515 jusqu'en 1616, avec les portraits des rois, reines, princes, princesses et autres personnages illustres dont il est fait mention. *A Cologne, chez Herman Demen*, 1719, 2 vol. in-8, front. et portr., mar rouge, fil., dos ornés, tr. dor. (*Rel. anc.*)

394. Journal de Henri III, par P. de l'Estoile, nouvelle édition, accompagnée de remarques historiques et des pièces les plus curieuses de ce règne (par Lenglet-Dufresnoy). *A La Haye et à Paris, chez la veuve P. Gandoin*, 1744, 5 vol. — Journal du règne de Henri IV (par le même), avec des remarques historiques

et politiques du chevalier C. B. A. (Lenglet-Dufresnoy). *A La Haye* (*Paris*), 1741, 4 vol. — Ensemble 9 vol. pet. in-8, portr., demi-rel. veau fauve.

395. SATYRE MENIPPÉE de la vertu du catholicon d'Espagne, et de la tenue des estats de Paris, avec des remarques et explications des endroits difficiles (par P. du Puy). *A Ratisbonne, chez Mathias Kerner* (*Bruxelles, Fr. Foppens*), 1664, pet. in-12, fig., mar. vert jans., dent. intér., tr. dor. (*Thibaron.*)

396. SATYRE MÉNIPPÉE, de la vertu du catholicon d'Espagne et de la tenue des États de Paris, dernière édition enrichie de figures en taille douce, augmentée de nouvelles remarques et de plusieurs pièces, qui servent à prouver et à éclaircir les endroits les plus difficiles (par Le Duchat). *A Ratisbonne, chez Mathias Kerner*, 1726, 3 vol. in-8, front. et fig., mar. rouge, fil., dent. intér. (*Duru.*)

Bel exemplaire, non rogné.

397. SATYRE MÉNIPPÉE de la vertu du catholicon d'Espagne et de la tenue des estats de Paris, augmentée de notes tirées des éditions de Du Puy et de Le Duchat, et d'un commentaire historique, littéraire et philologique par Ch. Nodier. *Paris, N. Delangle*, 1824, 2 vol. in-8, fig. de *Devéria*, demi-rel. mar. rouge, dos et coins, têtes dor., non rognés.

Exemplaire en papier vélin avec les figures sur papier de Chine.

398. MÉMOIRES DE LA REYNE MARGUERITE, nouvelle édition, plus correcte. *A Bruxelles, chez François Foppens,*

1658, pet. in-12, mar. rouge, milieu doré, dent.
intér., tr. dor. (*Lortic.*)

Bel exemplaire, hauteur 129 millimètres.

399. LES AVANTURES DU BARON DE FŒNESTE, par Théodore
Agrippa d'Aubigné, nouvelle édition augmentée. *A
Amsterdam*, 1731, 2 vol. in-12, front. gr., mar. bleu,
fil., dos ornés, dent. intér., tr. dor. (*Capé.*)

400. Histoire du ministère d'Armand Jean Du Plessis,
cardinal duc de Richelieu, avec des réflexions politiques et diverses lettres contenants les négociations
des affaires de Piedmond et de Montferrat (par Ch.
Vialart, dit Saint-Paul. *Paris (Hollande Elzevier)*, 1650,
2 vol. — Suite du tome quatrième des mémoires pour
l'histoire du cardinal duc de Richelieu, par le sieur
Aubery. *A Cologne, chez Pierre Marteau*, 1667. —
Ensemble 3 vol. pet. in-12, vél. blanc.

401. LES HISTORIETTES DE TALLEMANT DES REAUX, troisième édition, entièrement revue sur le manuscrit
original et disposée dans un nouvel ordre, par MM. de
Monmerqué et Paulin Paris. *Paris, chez J. Techener*,
1854, 9 vol. in-8, demi-rel mar. vert, dos et coins,
têtes dor., non rognés.

Exemplaire en grand papier vergé.

402. LES MÉMOIRES DE MESSIRE ROGER DE RABUTIN, comte
de Bussy. *A Paris, chez Rigaud*, 1704, 3 vol. in-12,
mar. bleu jans., dent. intér., tr. dor. (*Thibaron-Joly.*)

Bel exemplaire.

403. Mémoires de Mathieu Molé, premier président au
Parlement de Paris et garde des sceaux de France,

publiés pour la Société de l'histoire de France, par
Aimé Champollion. *Paris, J. Renouard*, 1855, 4 vol.
in-8 br.

404. L'Histoire du cardinal Mazarin, par M. Aubery. *A
Paris, chez la veuve Mabre-Cramoisy*, 1695, 2 vol.
in-12, portr., mar. rouge, dent., dos orné, tr. dor.
(*Rel. anc.*)

405. Mémoires du cardinal de Retz, contenant ce qui
s'est passé de remarquable en France pendant les
premières années du règne de Louis XIV. *A Amsterdam, chez J.-F. Bernard*, 1731, 4 vol., portr. gravé
par Thomassin. — Mémoires de Gui Joly, contenant
l'histoire de la régence d'Anne d'Autriche. *A Amsterdam*, 1738, 2 vol. — Mémoires de Mme la duchesse de
Nemours, contenant ce qui s'est passé de plus parti-
culier en France pendant la guerre de Paris. *A Amsterdam*, 1738, 1 vol. — Ensemble 7 vol. in-12, vélin blanc.

406. ŒUVRES DU CARDINAL DE RETZ, nouvelle édition
revue et augmentée de morceaux inédits, des variantes,
de notices, de notes, d'un lexique des mots et locutions remarquables, d'un portrait, de fac-simile, etc.
Paris, Hachette, 1872-1882, 6 vol. in-8 br. (tomes 1 à
5 et 7).

De la collection des grands écrivains, exemplaire en grand papier
de Hollande.

407. Mémoire pour servir à l'histoire de la société polie
en France, par P.-L. Rœderer. *Paris, Firmin Didot*,
1835, in-8, demi-rel. mar. rouge.

Livre très rare. — Envoi autographe de l'auteur au général Thirion.

408. Histoire des princes de Condé, pendant les xvi⁰ et
xvii⁰ siècles, par M. le duc d'Aumale. *Paris*, *Michel
Lévy*, 1863, 2 vol. in-8, portr., br.

> Exemplaire en grand papier de Hollande.

409. Mémoires pour servir à l'histoire de Mme de Maintenon, et à celle du siècle passé (par A. de La Bau-
melle). *A Amsterdam*, 1755, 6 vol. — Lettres de
Mme de Maintenon à diverses personnes et à M.
d'Aubigné son frère (par le même). *A Amsterdam*,
1756, 9 vol. — Ensemble 15 vol. in-12, portr., veau
marb.

> Exemplaire de La Baumelle portant sa signature.

410. Histoire de Mme de Maintenon et des principaux
évènements du règne de Louis XIV par M. le duc de
Noailles. *Paris*, 1848, 4 vol. in-8, portr. et armoiries,
mar. vert., fil. à la Du Seuil, dos ornés, dent. intér.,
non rognés. (*Hardy*.)

> Bel exemplaire en grand papier, auquel on a ajouté quelques por-
> traits parmi lesquels celui de Mme de Maintenon gravé par *Ficquet*,
> d'après *Mignard*, et des armoiries en or et en couleurs.

411. Journal du marquis de Danjeau, publié en entier
pour la première fois, par MM. Soulié, Dussieux, de
Chennevières, Mantz, de Montaiglon, avec les additions inédites du duc de Saint-Simon, publiées par
M. Feuillet de Conches. *Paris*, *Firmin Didot*, 1854,
19 tomes en 10 vol. in-8, demi-rel. chag. rouge, têtes
dor., non rognés.

412. Mémoires complets et authentiques du duc de
Saint-Simon, sur le siècle de Louis XIV et la Régence,

collationnés sur le manuscrit original par M. Cheruel,
et précédés d'une notice par M. Sainte-Beuve. *Paris,
Hachette*, 1856, 20 vol. in-8, portr., mar. brun, fil.,
dos ornés, dent. intér., tr. dor. (*Hardy.*)

L'un des cent exemplaires en grand papier de Hollande.
Aux armes.

413. MÉMOIRES DE SAINT-SIMON, nouvelle édition colla-
tionnée sur le manuscrit autographe, augmentée des
additions de Saint-Simon au Journal de Dangeau, et
de notes et appendices par A. de Boislisle. *Paris,
Hachette*, 1879-1886, 5 vol. in-8 br. (tomes 1 à 5).

De la collection des grands écrivains, exemplaire sur grand papier
de Hollande.

414. ÉCRITS INÉDITS DE SAINT-SIMON, publiés sur les
manuscrits conservés au dépôt des affaires étrangères,
par M. P. Faugère. *Paris, Hachette*, 1880, 6 vol.
in-8 br.

Exemplaire en grand papier de Hollande.

415. Le duc de Saint-Simon, son cabinet et l'historique
de ses manuscrits d'après des documents authentiques
et entièrement inédits, par Armand Baschet. *Paris,
E. Plon*, 1874, in-8, fig., br.

Exemplaire en grand papier de Hollande.

416. Chronique de la régence et du règne de Louis XV
(1718-1763), ou journal de Barbier, première édition
complète. *Paris, Charpentier*, 1857, 8 vol. in-12,
demi-rel. veau fauve, têtes dor., non rognés.

417. Souvenirs de la marquise de Créquy, 1710 à 1800.
Paris, Fournier, 1834, 7 vol. in-8, demi-rel. veau
fauve.

418. Les Maitresses de Louis XV, par Edmond et Jules de Goncourt, lettres et documents inédits. *Paris*, *Firmin Didot*, 1860, 2 vol. in-8, portr., demi-rel. mar. orange, dos et coins, têtes dor., non rognés.

> Bel exemplaire auquel on a ajouté 53 portraits et 1 dessin de Baudet-Bauderval.

419. Anecdotes sur Mme la comtesse Du Barri (par Pidansat de Mairobert). *A Londres*, 1775, in-12, portr., mar. rouge, fil., dos orné, gardes de pap. doré, tr. dor. (*Rel. anc.*)

> Curieux exemplaire contenant le joli portr. de la comtesse Du Barri, gravé par *Gaucher* d'après *Drouais*, et une lettre de recommandation pour M. d'Arambal? signée Comtesse Du Barri.

420. L'Espion anglois, ou correspondance secrète entre milord All'eye et milord All'ear. *A Londres*, *chez John Adamson*, 1784, 10 vol. in-12, demi-cart. toile, non rognés.

421. E. et J. de Goncourt. Histoire de Marie-Antoinette, édition ornée d'encadrements à chaque page et de douze planches, hors texte. *Paris*, *Charpentier*, 1878, in-4, fig., br.

> L'un des 30 exemplaires tirés sur papier de Hollande.

422. Marie-Antoinette a la conciergerie (du 1er août au 16 octobre 1793), pièces originales conservées aux archives de l'empire, suivies de notes historiques et du procès imprimé de la reine par M. Emile Campardon. *Paris, Jules Gay*, 1863, gr. in-8, portr., demi-rel. mar. brun, dos et coins, tête dor., non rogné.

> Exemplaire en grand papier, auquel on a ajouté 18 gravures ou portraits.

C. Révolution jusqu'à nos jours.

423. Collection des Mémoires relatifs a la révolution française, avec des notices sur les auteurs et des éclaircissements historiques, par MM. Berville et Barrière. *Paris, Baudoin*, 1825-1827, 58 tomes en 57 vol. in-8, demi-rel. veau fauve, tr. marbr.

> Mémoires du marquis d'Argenson. — de Bailly, 3 vol. — de Ch. Barbaroux. — du baron de Besenval, 2 vol. — de la marquise de Bonchamps. — de Mme de La Rochejaquelein. — du marquis de Bouillé. — de Mme de Campan, 3 vol. — sur Carnot. — Journal de Cléry. — Relation du départ de Louis XVI. — Le vieux cordelier, Vilate Meda. — Général Doppet. — Général Dumouriez, 4 vol. — Durand de Maillane. — Catastrophe du duc d'Enghien. — Marquis de Ferrières, 3 vol. — Freron. — Duc de Gaële, 3 vol. — Guillon de Montléon, 3 vol. — Mme Du Hausset. — Linguet. — Louvet de Couvray. — Meillan. — Duc de Montpensier. — Rivarol. — Mme Roland, 2 vol. — Thibeaudeau, 2 vol. — Turreau. — Weber, 2 vol. — Riouffe, 2 vol. — Journées de septembre. — Affaire de Varenne. — Sapinaud. — Guerres de la Vendée, 6 vol.

424. Histoire parlementaire de la Révolution française, ou journal des assemblées nationales, depuis 1789 jusqu'en 1815, par B.-J.-B. Buchez et P.-C. Roux. *Paris, Paulin*, 1834, 40 vol. in-8, demi-rel. mar. vert, non rognés.

425. Histoire de la Révolution française, par M. A. Thiers, treizième édition. *Paris, Furne*, 1875, 10 vol. in-8, portr. et fig., br.

426. Histoire de la Révolution française, par J. Michelet. *Paris, Lacroix*, 1868, 6 vol. in-8, demi-rel. mar. brun, dos et coins, têtes dor., non rognés.

> Bel exemplaire en grand papier de Hollande auquel on a ajouté des

titres gravés, des portraits et des figures gravés par *Vinkeles*, pour une édition hollandaise, premières épreuves, 14 figures de *Couché fils*, épreuves AVANT LA LETTRE et 1 EAU FORTE, 21 portraits et 76 gravures diverses.

427. Histoire de la Révolution française, par J. Michelet. *Paris, Lacroix*, 1868, 6 vol. in-8.
  Exemplaire en grand papier de Hollande.

428. Histoire de la société française pendant la Révolution, par Edmond et Jules de Goncourt. *Paris, E. Dentu*, 1854, gr. in-8, demi-rel. veau fauve, tête dor., non rogné.
  Exemplaire en grand papier de Hollande.

429. Histoire des salons de Paris, tableaux et portraits du grand monde sous Louis XVI, le Directoire, le Consulat et l'Empire, la Restauration et le règne de Louis-Philippe, par la duchesse d'Abrantès. *A Paris, chez Ladvocat*, 1837, 5 vol. in-8, demi-rel. toile.

430. Histoire impartiale des révolutions de France, depuis la mort de Louis XV, par L. Prudhomme père. *Paris*, 1824, 12 vol. in-12, demi-rel. veau fauve, têtes dor., non rognés.

431. Histoire de la Terreur, 1792-1794, d'après des documents authentiques et inédits, par Mortimer-Ternaux. *Paris, Michel Lévy*, 1863, 8 vol. in-8, demi-rel. mar. rouge, têtes dor., non rognés.

432. Dictionnaire des individus envoyés à la mort, judiciairement, révolutionnairement et contre-révolutionnairement, pendant la Révolution, particulièrement sous le règne de la Convention nationale, par L. Pru-

dhomme. *Paris*, 1796, 2 vol. in-8, fig. et tableaux, demi-rel. veau fauve.

433. Histoire du Consulat et de l'Empire, par M. A. Thiers. *Paris, Paulin*, 1845-1862, 20 vol. in-8, portr. et fig., br.

434. Mémoires pour servir à l'histoire de France sous le règne de Napoléon, écrits à Sainte-Hélène sous sa dictée (par G. Gourgaud). *Paris, Bossange*, 1830, 9 vol. in-8, demi-rel. veau fauve.

435. Mémoires de madame de Rémusat, 1802-1808, publiés par son petit-fils Paul de Rémusat. *Paris, C. Lévy*, 1880, 3 vol. in-8, br.

Exemplaire en grand papier de Hollande.

436. Mémoires de madame la duchesse d'Abrantès, ou souvenirs historiques sur Napoléon, la Révolution, le Directoire, le Consulat, l'Empire et la Restauration, seconde édition. *Paris, L. Mame*, 1835, 12 vol. in-8, demi-rel. veau.

437. Mémoires du maréchal Marmont, duc de Raguse, de 1792 à 1841, imprimés sur le manuscrit original de l'auteur. *Paris, Perrotin*, 1857, 9 vol. in-8, portr., demi-rel. veau fauve, non rognés.

438. Assemblée nationale comique, par Auguste Lireux, illustrée par Cham. *Paris, Michel Lévy*, 1850, gr. in-8, fig., demi-rel.

Cachet sur le titre.

439. Le dernier des Napoléon. *Paris, Lacroix*, 1874, in-8, br.

Exemplaire en grand papier de Hollande.

D. Histoire des provinces.

440. Description historique de la ville de Paris et de ses environs, par feu M. Piganiol de la Force, nouvelle édition, revue, corrigée et considérablement augmentée. *A Paris, chez les Libraires associés*, 1765, 10 vol. in-12, cartes et fig., demi-rel. mar. vert, dos et coins, non rognés.

441. Tableau de Paris (par Mercier). Nouvelle édition, revue et augmentée. *A Amsterdam*, 1783, 12 vol. in-8, demi-cart. toile, non rognés.

> Bel exemplaire auquel on a ajouté le frontispice et les 96 figures gravées à l'eau-forte de Duncker.

442. Tableau historique et pittoresque de Paris, depuis les Gaulois jusqu'à nos jours, par J.-B. de Saint-Victor. *Paris, Ch. Gosselin*, 1822, 4 tomes en 8 vol. in-8 et atlas in-4, fig., demi-rel. mar. brun, dos et coins, têtes dor., non rognés.

443. Paris-Guide, par les principaux écrivains et artistes de la France. *Paris, Lacroix*, 1867, 2 vol. in-8, demi-rel. mar. rouge, dos et coins, têtes dor., non rognés.

> Exemplaire en papier de Chine.

444. Mémoires de M. Gisquet, ancien préfet de police, écrits par lui-même. *Paris, Marchant*, 1840, 4 vol. in-8, demi-rel. veau fauve, non rognés.

445. Histoire physique, civile et morale des environs de Paris, depuis les temps historiques jusqu'à nos jours, par J.-A. Dulaure. *Paris, Guillaume*, 1825, 7 vol. in-8,

fig., épreuves AVANT LA LETTRE et carte, veau fauve, fil. et fers à froid, dos ornés, tr. dor. (*Thouvenin.*)

Exemplaire en grand papier vélin, dans une très belle reliure de Thouvenin.

446. Recherche des antiquités et curiosités de la ville de Lyon, par Jacob Spon, nouvelle édition augmentée des additions et corrections écrites de la main de Spon, sur l'exemplaire de la Bibliothèque. *Lyon, Louis Perrin*, 1857, in-8, portr. et fig., cart., non rogné.

447. L'ESTAT POLITIQUE de la province de Dauphiné, par Nicolas Chorier. *A Grenoble, chez R. Philippes*, 1671, 4 vol. pet. in-12, mar. rouge jans., dent. intér., tr. dor. (*Thibaron-Joly.*)

Bel exemplaire d'un livre rare.

2. HISTOIRE DES PAYS ÉTRANGERS

448. Histoire des Républiques italiennes du Moyen-Age, par J.-C.-L. Simonde de Sismondi. *Paris, Furne*, 1840, 10 vol. in-8, fig., demi-rel. chag. bleu, têtes dor., non rognés.

449. HISTOIRE DE LA RÉPUBLIQUE DE VENISE, par P. Daru, seconde édition revue et augmentée. *A Paris, chez Firmin-Didot*, 1821, 8 vol. in-8, demi-rel. mar. brun, non rognés. (*Thouvenin.*)

Exemplaire en grand papier de Hollande.

450. Œuvres de Henri Heine, de l'Allemagne. *Paris, Eug. Renduel*, 1835, 2 vol. in-8, cart., non rognés.

Edition originale.

451. ANNALES DU RÈGNE DE MARIE-THÉRÈSE dédiées à la
reine par M. Fromageot. *A Paris, chez Prault*, 1775,
in-8, portrait de Marie-Thérèse gravé par *Cathelin*, 2
portraits en médaillon dessinés par *Moreau*, gravés par
Gaucher, et 4 figures dessinées par *Moreau*, gravées par
Duclos, *de Launay*, *Prévost* et *Simonet*. mar. rouge
jans., dent. intér., tr. dor. (*Champs.*)

452. Mémoires, documents et écrits divers laissés par
le prince de Metternich, publiés par son fils le prince
Richard de Metternich. *Paris, Plon*, 1880, 8 vol. in-8,
portr. br.

    Exemplaire en grand papier de Hollande.

453. Le véritable caractère d'Elisabeth reyne d'Angleterre et de ses favoris, traduit de l'anglois de Robert
Naunton, par Jean Le Pelletier. *A Paris, chez Laurent
d'Houry*, 1683, in-12, vél. blanc.

454. Histoire d'Angleterre, depuis l'avénement de
Jacques II. — Histoire du règne de Guillaume III.
pour faire suite à l'histoire de la révolution de 1688,
par lord Macaulay, traduit par le vicomte de Peyronnet
et Amédée Pichot. *Paris, Perrotin*, 1861, 7 vol. in-8,
demi-rel. mar. rouge, têtes dor., non rognés.

455. Histoire de l'empire ottoman, depuis son origine
jusqu'à nos jours, par J. de Hammer, traduit de l'allemand sur les notes et sous la direction de l'auteur,
par J.-J. Hellert. *Paris, Barthès*, 1835, 18 vol. in-8 et
atlas in-folio, cart., non rognés.

    Exemplaire en grand papier vélin.

456. Histoire philosophique et politique des établisse-
mens et du commerce des Européens dans les deux
Indes, par G.-T. Raynal. *A Genève, chez J.-L. Pellet,*
1780, 10 vol. in-8 et atlas in-4, portr. et 10 figures
dessinées par *Moreau,* mar. rouge, dent., dos ornés,
tr. dor. (*Bozerian.*)

457. Antiquités mexicaines, relation des trois expédi-
tions du capitaine Dupaix ordonnées en 1805, 1806 et
1807, pour la recherche des antiquités du pays. *Paris,
Jules Didot,* 1834, 3 parties et 140 planches en 1 vol.
in-folio, demi-rel. chag. rouge.

V. PARALIPOMÈNES HISTORIQUES

1. HISTOIRE LITTÉRAIRE

458. Correspondance littéraire, philosophique et critique
de Grimm et de Diderot, depuis 1753 jusqu'en 1790,
nouvelle édition. *Paris, Furne,* 1829, 16 vol. in-8,
demi-rel. chag. rouge, têtes dor., non rognés.

459. Correspondance littéraire, philosophique et critique, par Grimm, Diderot, Raynal, Meister, etc.,
revue sur les textes originaux, notices, notes, table
générale, par Maurice Tourneux. *Paris, Garnier,* 1877,
16 vol. in-8, br.
  Exemplaire en grand papier de Hollande.

460. Histoire littéraire d'Italie, par P.-L. Ginguené,
avec la continuation par Salfi. *Paris, Michaud*, 1811-
1835, 14 vol. in-8, demi-rel. veau fauve, non rognés.
(*Capé*.)

2. BIOGRAPHIE

461. LES VIES DES PLUS ILLUSTRES PHILOSOPHES de l'antiquité, traduites du grec de Diogène Laerce (par
Chaufepié), auxquelles on a ajouté la vie de l'auteur,
celles d'Epictète, de Confucius, et leur morale, et un
abrégé historique de la vie des femmes philosophes de
l'antiquité. *A Amsterdam, chez J.-H. Schneider*, 1758,
3 vol. in-12, front. et portr., mar. rouge jans., dent
intér., tr. dor. (*Belz- Niédrée*.)

> Bel exemplaire en grand papier, relié sur brochure.

462. L'EUROPE ILLUSTRE, contenant l'histoire abré-
gée des souverains, des princes, des prélats, des
ministres, des grands capitaines, des magistrats, des
savants, des artistes et des dames célèbres en Europe,
depuis le xv⁰ siècle compris jusqu'à présent, par
M. Dreux Du Radier, ouvrage enrichi de 600 portraits
gravés par les soins du sieur Odieuvre. *A Paris, chez
Odieuvre*, 1755, 6 vol. in-8, port., veau écaille, fil.,
dos ornés, tr. dor. (*Rel. anc. de Crucifix, avec son
étiquette*.)

> Très bel exemplaire.

463. ŒUVRES DU SEIGNEUR DE BRANTOME, nouvelle édition,
considérablement augmentée et accompagnée de

remarques historiques et critiques (par Le Duchat, Lancelot et Prosper marchand). *A La Haye, aux dépens du libraire*, 1740, 15 vol. in-12, front. gr., fleurons, mar. rouge, fil., dos ornés, dent. intér., tr. dor. (*Hardy Menil.*)

> Bel exemplaire, relié sur brochure.

464. Œuvres complètes du seigneur de Brantôme, accompagnées de remarques historiques et critiques. *Paris, Foucault*, 1822, 8 vol. in-8, demi-rel. cuir de Russie, non rognés. (*Thouvenin.*)

> Exemplaire en papier vélin, mouillures au tome premier.

465. Vies des dames galantes de Brantôme, nouvelle édition revue d'après les meilleurs textes, avec une préface et des annotations, par H. Vigneau. *Paris, Delahays*, 1857, in-12, demi-rel. mar. rouge, dos et coins, têtes dor., non rogné.

> Exemplaire en grand papier de Hollande.

466. Galerie des contemporains illustres, par un homme de rien (Louis de Loménie). *Paris*, 1840, 10 vol. in-12, portr., demi-rel. veau fauve.

467. Bossuet, précepteur du dauphin, fils de Louis XIV, et évèque à la Cour (1670-1682), par A. Floquet. *Paris, Firmin-Didot*, 1864, in-8, demi-rel. mar. brun, tr. marbr.

468. Charles Monselet. Retif de la Bretonne, sa vie et ses œuvres. *Paris, Aug. Aubry*, 1858, in-12, portr., demi-rel. mar. brun, tête dor., non rogné.

469. Mémoires d'outre-tombe, par Chateaubriand. *Paris, Dufour*, 1860, 6 vol. in-8, br.

470. Vies des peintres, sculpteurs et architectes, par
Giorgio Vasari, traduites par Léopold Leclanché et
commentées par Jeanron et Léopold Leclanché ; 121
portraits dessinés par Jeanron. *Paris, Just Tessier*,
1839, 10 vol. in-8, portr., demi-rel. veau fauve, têtes
dor., non rognés.

471. Dictionnaire historique des peintres de toutes les
écoles, depuis l'origine de la peinture jusqu'à nos
jours, par Adolphe Siret. Deuxième édition. *Paris.
Lacroix*, 1866, gr. in-8. br.

472. Raffet, son œuvre lithographique et ses eaux-fortes,
suivi de la bibliographie complète des ouvrages
illustrés de vignettes, d'après ses dessins, par H. Gia-
comelli, orné d'eaux-fortes inédites et de son portrait.
Paris, 1862, in-8. br.

473. DICTIONNAIRE HISTORIQUE DES MUSICIENS, artistes et
amateurs, morts ou vivans, qui se sont illustrés en
une partie quelconque de la musique et des arts qui y
sont relatifs, par Al. Choron et F. Fayolle. *Paris.
Valade*, 1810, 2 vol. in-8, mar. bleu jans.. dent.
intér., tr. dor. *(Raparlier.)*

474. BIOGRAPHIE UNIVERSELLE DES MUSICIENS
et bibliographie générale de la musique, deuxième édition, entièrement refondue et augmentée de plus de
moitié, par F.-J. Fétis. *Paris, Firmin-Didot*. 1860, 8
vol. — Supplément et complément publiés sous la
direction de M. Arthur Pougin, 2 vol. Ensemble

10 vol. in-8, mar. bleu jans., dent. int., tr. dor.
(*Trautz-Bauzonnet.*)

> Le supplément est broché.

475. Vie de Dalayrac, contenant la liste complète des
ouvrages de ce compositeur célèbre, par R.-C. Guilbert
Pixerécourt. *Paris, Barba.* 1810, in-12, portr., mar.
brun jans., dent. intér., tr. dor. (*Hardy.*)

> Avec un envoi autographe de madame Dalayrac.

476. Souvenirs et derniers souvenirs d'un musicien, par
Adolphe Adam. *Paris, Michel Lévy*, 1857, 2 tomes en
1 vol. in-12. mar. rouge jans., dent. intér., tr. dor.
(*Petit.*)

477. Notice sur la vie et les ouvrages de Nicolas
Piccinni, par P.-L. Guinguéné. *Paris, Panckoucke*, an
IX, in-8, mar. bleu, jans., dent. intér., tr. dor.
(*Hardy.*)

478. Bellini, sa vie, ses œuvres, par Arthur Pougin.
Paris, Hachette, 1868, in-12, portr., mar. bleu, fil.,
dos orné, dent. intér., tr. dor. (*Petit.*)

479. Beethoven et ses trois styles, analyse des sonates
de piano, suivie d'un catalogue critique, chronologique
et anecdotique de l'œuvre de Beethoven par W. de
Lenz. *Bruxelles, Stapleaux.* 1854, 2 tomes en 1 vol.
in-12, mar. bleu., fil., dos ornés, dent. intér., tr. dor.
(*Andrieux.*)

480. Franz Liszt. Des Bohémiens et de leur musique en
Hongrie. *Paris, Bourdillat*, 1859, in-12, mar. brun, fil.,
dos orné, dent. intér., tr. dor. (*Masson Debonnelle.*)

3. BIBLIOGRAPHIE

481. Manuel du libraire et de l'amateur de livres, contenant : 1° un nouveau Dictionnaire bibliographique ; 2° une Table en forme de catalogue raisonné, par Jac.-Ch. Brunet. *Paris, Firmin Didot*, 1860-1865, 6 vol. — Supplément par MM. P. Deschamps et G. Brunet. *Paris, Firmin Didot*, 1878, 2 vol. — Ensemble, 8 vol. in-8, demi-rel. mar. vert, dos et coins, têtes dor., non rognés.

Le supplément est broché.

482. Henry Cohen. Guide de l'amateur de livres à gravures du xviiie siècle, cinquième édition, revue, corrigée et considérablement augmentée, par le baron Roger Portalis. *Paris, Rouquette*, 1886, in-8 br.

483. Bibliographie parisienne, tableaux de mœurs (1600-1880), par Paul Lacombe, avec une préface par M. Jules Cousin. *Paris, Rouquette*, 1887, in-8 br.

484. Les supercheries littéraires dévoilées par J.-M. Querard, seconde édition considérablement augmentée, publiée par MM. Gustave Brunet et Pierre Jannet. suivie : 1° du dictionnaire des ouvrages anonymes par Ant.-Alex. Barbier, troisième édition, revue et augmentée par M. Olivier Barbier ; 2° d'une table des noms réels des écrivains anonymes et pseudonymes. *Paris, P. Daffis*, 1869-1878, 7 tomes en 14 vol. in-8 br.

Exemplaire en grand papier de Hollande.

485. LA FRANCE LITTÉRAIRE, ou dictionnaire bibliographique des savants, historiens et gens de lettres de la France, ainsi que des littérateurs étrangers qui ont écrit en français, plus particulièrement pendant les xviiie et xixe siècles. *Paris, Firmin Didot*, 1827-1839, 10 vol. — Tomes XI et XII. *Paris*, 1854-1864, 2 vol. — Ensemble, 12 vol. in-8, demi-rel. mar. vert, dos et coins, têtes dor., non rognés.

Exemplaire en grand papier vélin ; les tomes XI et XII sont en papier ordinaire et brochés.

486. LA LITTÉRATURE FRANÇAISE CONTEMPORAINE, 1827-1840, continuation de la France littéraire, par MM. J.-M. Querard, Charles Louandre et Félix Bourquelot. *Paris, Daguin*, 1840-1857, 6 vol. in-8, demi-rel. mar. vert, dos et coins, têtes dor., non rognés.

Exemplaire en grand papier de Hollande.

487. Bibliographie cornélienne, ou description raisonnée de toutes les éditions des œuvres de Pierre Corneille, par Émile Picot. *Paris, A. Fontaine*, 1876, in-8, pap. de Hollande, portr., br.

488. Bibliographie moliéresque par Paul Lacroix (Bibliophile Jacob), seconde édition. *Paris, A. Fontaine*, 1875, in-8, pap. de Hollande, portr., br.

489. Bibliographie et iconographie de tous les ouvrages de Restif de la Bretonne, par P.-L. Jacob, bibliophile. *Paris, A. Fontaine*, 1875, in-8, pap. de Hollande, portr. br.

VI. ENCYCLOPÉDIES — JOURNAUX

490. Grand dictionnaire universel du xixᵉ siècle, français, historique, géographique, mythologique, bibliographique, littéraire, artistique, scientifique, par M. Pierre Larousse. *Paris, Larousse*, 1866, 15 tomes en 29 vol. in-4, demi-rel. chag. brun, non rognés.

491. Mémoires secrets pour servir à l'histoire de la république des lettres en France, depuis 1772 jusqu'à nos jours, ou Journal d'un observateur (par Bachaumont). *A Londres, chez John Adamson*, 1784, 36 vol. — Table alphabétique des auteurs et personnages cités dans les mémoires secrets de Bachaumont. *Bruxelles*, 1866. — Ensemble, 37 vol. in-12, demi-cart. toile, non rognés.

492. CORRESPONDANCE SECRÈTE, politique et littéraire, ou mémoires pour servir à l'histoire des cours, des sociétés et de la littérature en France, depuis la mort de Louis XV (par Métra). *A Londres, chez John Adamson*, 1787-1790, 18 vol. in-12, mar. rouge, fil., dos ornés, dent. intér., tr. dor. (*Bertrand.*)

Bel exemplaire.

493. La Chronique scandaleuse, ou mémoires pour servir à l'histoire de la génération présente, contenant les anecdotes et les pièces fugitives les plus piquantes que l'histoire secrète des sociétés a offertes pendant

ces dernières années (par Guillaume Imbert). *Paris*, 1791, 5 tomes en 3 vol. in-12, demi-rel. mar. rouge, têtes dor., non rognés. (*Lortic.*)

494. Revue des Deux Mondes, de 1830 à 1886, 283 volumes, dont 220 demi-rel. chag. brun, le reste en livraisons.

> Il manque dans les années : 1830, janvier à mai, juillet à décembre. — 1831, juillet à décembre (ce semestre existe de la réimpression). — 1832, avril à juin août à décembre. — 1835, 15 mars, 1er avril. — 1836, 15 janvier, 1er février. — 1842, 1er avril, 1er juin, 15 août. — 1849, 1er et 15 octobre.

495. Le Camp-Volant, journal des spectacles de tous les pays, du 2 novembre 1818 au 23 janvier 1820, 131 numéros. — Journal et courrier des théâtres de la littérature et des arts, du 3 avril 1820 au 31 mars 1849, 32 années en 30 vol. in-4, demi-rel. bas.

496. Alphonse Karr. Les Guêpes, novembre 1839 à mai 1847, 30 vol. in-18, fig., rel.

> Collection complète de toute rareté.

497. La Lanterne, par Henri Rochefort, du 30 mai 1868 (numéro 1) au 13 novembre 1869, 76 numéros.

TABLE DES MATIÈRES

THÉOLOGIE

SCIENCES ET ARTS

BELLES-LETTRES

HISTOIRE

ORDRE DES VACATIONS

PREMIÈRE VACATION

Mardi 31 mai 1887

DEUXIÈME VACATION

Mercredi 1er juin 1887

TROISIÈME VACATION

Jeudi 2 juin 1887

QUATRIÈME VACATION

Vendredi 3 juin 1887

MACON, IMPRIMERIE PROTAT FRÈRES

www.ingramcontent.com/pod-product-compliance
Lightning Source LLC
LaVergne TN
LVHW050627060726